Bruxelles, **LE DIMANCHE**
Concept et photographies_Louis-Philippe Breydel
www.louisphilippebreydel.be
Textes_Nadine Pineur & Brigitte Tabary / *Gael*

Édition mise à jour en octobre 2008

Directeur général_Luc Pire
Quai aux Pierres de Taille, 37/39 / 1000 Bruxelles
www.lucpire.eu

ISBN_978-2507000516
Dépôt légal_D/2008/6840/140

Édition_Michelle Poskin

Mise en page et couverture_Dominique Hambye
Impression_GEmediaprint, Eupen (Belgique)

Bruxelles
LE DIMANCHE

LOUIS-PHILIPPE BREYDEL
BRIGITTE TABARY & NADINE PINEUR

Luc Pire GAEL

KOREAN AIR

TABLE DES MATIÈRES

CENTRE-VILLE

DU SABLON À LA PLACE DU JEU DE BALLE

LE HAUT DE LA VILLE

AUTOUR ET ALENTOURS

SHERATON

CENTRE-

-VILLE

Premières du genre construites en Europe, les galeries Saint-Hubert se divisent en trois unités : la galerie du Roi, la galerie de la Reine et celle des Princes. Avec la Grand-Place et le petit marché de l'Agora, elles sont au centre de l'attention. Touristes et passants sont toujours enclins à faire quelques pas dans ces magnifiques passages signés par l'architecte Cluysenær et décorés dans un style néoclassique par Joseph Jacquet.

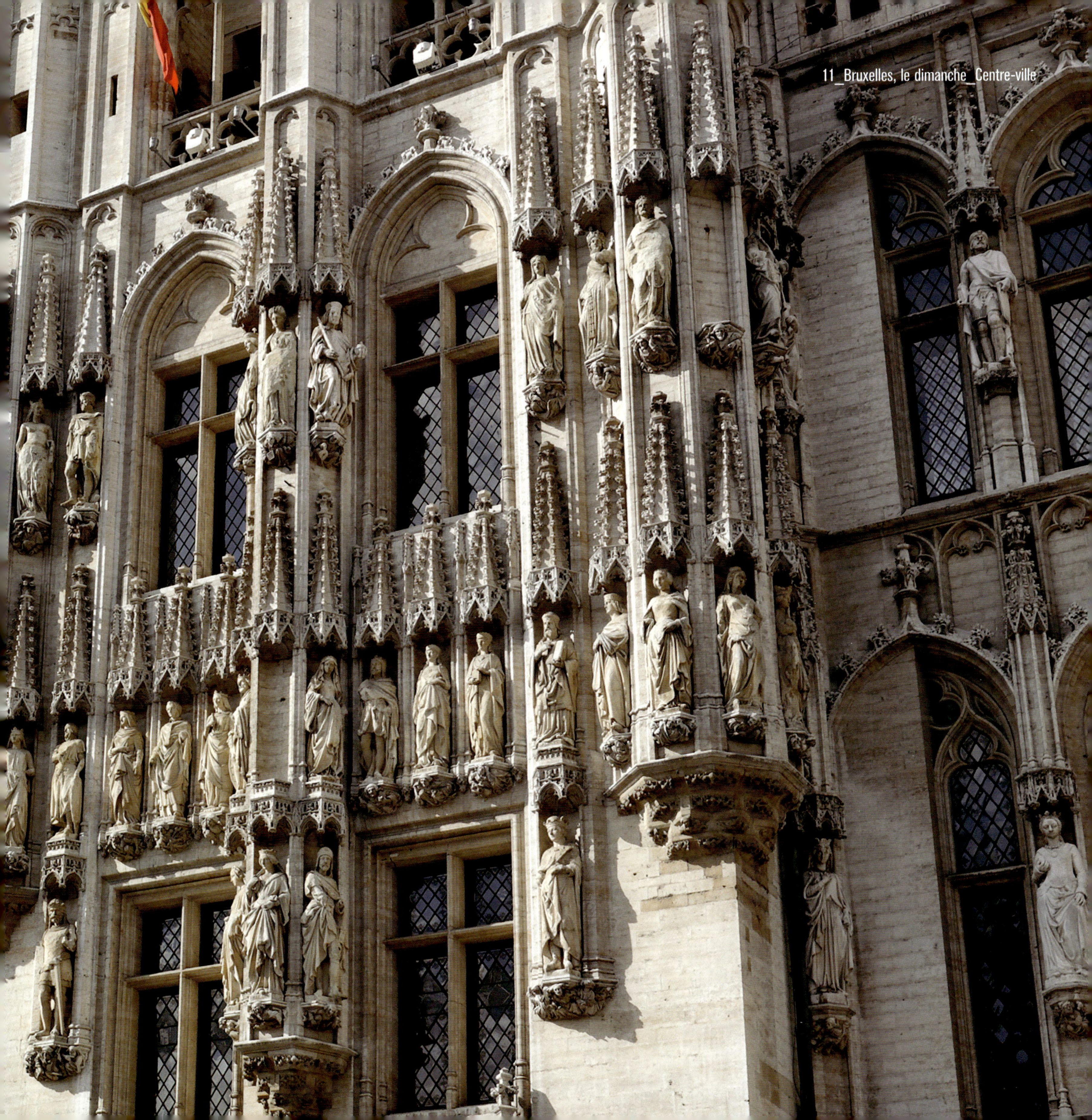

15_Bruxelles, le dimanche_Centre-ville

Le Centre belge de la Bande dessinée (CBBD)

Signé en 1906 par Victor Horta pour Charles Waucquez, grossiste en textiles, le bâtiment Art nouveau de la rue des Sables a échappé de justesse à la démolition pure et simple notamment grâce à l'architecte Jean Breydel. Abandonnés pendant de nombreuses années, ce que l'on appelle aujourd'hui les anciens magasins Waucquez sont nés une seconde fois grâce à la bande dessinée, logée depuis 1989 dans un vaste espace d'exposition surnommé familièrement CBBD. Il accueille en ses murs un « musée imaginaire » sur l'histoire de la BD belge; l'atelier de Jacobs, créateur de *Blake et Mortimer*; le musée de la BD moderne; la naissance d'une BD... et des expositions temporaires de belle envergure.

L'espace étant vaste, il sert d'écrin à *Slumberland*, l'une des six librairies spécialisées en BD réunies sous ce label. Elle propose les nouveautés, les séries, les titres classiques et une sélection de nouveaux auteurs, des objets 3D et quelques livres d'art sur Horta. Le nom choisi renvoie à *Little Nemo*. Né de l'imagination de Winsor McCay, ce personnage apparaît dès 1905 dans les pages du *New York Herald* et est souvent considéré comme la toute première bande dessinée. À droite du hall central, la Brasserie Horta et son magnifique décor offrent une halte aux touristes comme aux amateurs de bandes dessinées. **On aime : les lieux, miraculeusement préservés.**

LE CENTRE BELGE DE LA BANDE DESSINÉE
Rue des Sables, 20
1000 Bruxelles
Tél. 02 219 19 80
www.cbbd.be
Ouvert du mardi au samedi
de 10 à 18h, le dimanche
de 12 à 18h.

BRASSERIE HORTA
Tél. 02 217 72 71
Fax 02 217 17 37
www.brasseriehorta.be
ciearthur@win.be
Ouvert du mardi au dimanche
de 10 à 18h
Cuisine ouverte de 12 à 15h
en semaine et de 12 à 15h30
le week-end, fermeture le lundi.

SLUMBERLAND, TOME 1
Tél. 02 219 58 01
www.slumberlandbd.com
Ouvert du mardi au dimanche
10 à 18h, fermeture le lundi.

TOME 4, chaussée de Waterloo, 752
1180 Bruxelles
02 648 04 40
Ouvert du lundi au samedi
de 10 à 19h, le dimanche 10h30
à 18h30 (voir page 178).

Kam Yuen Supermarket

Rue de la Vierge noire, 2-4
1000 Bruxelles
Tél. 02 512 58 33
www.kamyuen.be
info@kamyuen.be
Ouvert du lundi au samedi
de 9 à 19h, le dimanche
de 10h30 à 17h.

Thai Thai

興
隆
Kitchen tool

8.50

Il n'est pas aussi dense que Soho ni aussi étendu que Chinatown mais Bruxelles a également son quartier asiatique. Le *Kam Yuen* y tient le haut du pavé, entre deux restaurants typiques et trois minibazars chamarrés de rouge et d'or. En cinq années, ce supermarché spécialisé dans l'alimentation extrême-orientale s'est imposé comme la référence bruxelloise en la matière. Les adeptes de cuisine chinoise, coréenne, japonaise ou thaïlandaise, y trouveront forcément leur bonheur tant le choix est éclectique. Pour les autres, une visite au *Kam Yuen* aura valeur d'une découverte culturelle étonnante. On plonge en effet d'un coup dans une ambiance exotique d'autant plus dépaysante que la majorité des clients est, tout comme le personnel, asiatique. Au moins 50 sortes de nouilles, du riz en sacs de 20 kilos (le *Kam Yuen* fournit aussi nombre de restaurants asiatiques de Bruxelles), une gondole kilométrique d'épices et de sauces diverses, quantité de poissons et coquillages, un petit rayon fruits et légumes... On y découvre une variété incroyable de produits alimentaires. N'espérez pas faire le tour du magasin en quelques minutes, même si les « sur-étiquettes » en français collées sur les emballages faciliteront votre exploration.

Le *Kam Yuen* propose également tout un assortiment d'ustensiles de cuisine : woks, baguettes, cuiseurs vapeur en bambou, vaisselle en porcelaine, etc. Et un petit assortiment d'objets de déco. **On aime : l'impression de faire un aller-retour Bruxelles-Pékin instantané.**

Tropismes

Successivement café-concert, club de jazz et salle de danse, l'adresse ouverte en 1848, un an après l'inauguration des galeries Saint-Hubert, a vu son destin définitivement arrêté en 1984, date à laquelle deux complices ouvrent un espace entièrement voué au livre dans un décor Belle Époque classé. Le miroir surdimensionné, les pilastres et les stucs sont en effet de toute beauté. Depuis 1986, Brigitte de Meeùs continue seule. Pionnière des ouvertures du dimanche, elle offre à ses tables et rayons un large choix de genres : littérature française, sciences humaines, pochothèque, science-fiction

VAN SCHELLE

TROPISMES LIBRAIRIES
Galeries des Princes, 11
1000 Bruxelles
Tél. 02 512 88 52
Fax 02 514 48 24
www.tropismes.com
info@tropismes.com
Ouvert le lundi de 13h30 à 18h30,
du mardi au jeudi de 10 à 18h30,
nocturne le vendredi de 10 à 20h,
le samedi de 10h30 à 18h30,
le dimanche de 13h30 à 18h30.

TROPISMES APPARTEMENT
Galerie du Roi, 4
1000 Bruxelles
Tél. 02 511. 56 51
jeunessebd@tropismes.com
Mêmes heures d'ouverture.

et, en mezzanine, un rayon beaux-arts dominé par un somptueux plafond à caissons. En juin 2007 naît, galerie du Roi, un *Tropismes* bis nommé *L'Appartement*. Dessiné par Philippe Jelli et connecté à la Galerie des Princes par un passage interne qui devrait être recouvert d'une verrière en 2008, le bâtiment est celui de la bande dessinée, des livres pour enfants, des beaux livres, des loisirs et de la cuisine. Au point de jonction, une fontaine, quelques buis et autres plantes vertes créent une atmosphère zen appréciée avec, à proximité, un coin thé et café qui devrait prochainement se muer en lieu de détente. Attentive au confort de son public, Brigitte de Meeùs insiste sur la qualité du service offert. Ici, chacun est compétent et spécialisé dans l'un ou l'autre domaine.

Tropismes organise depuis longtemps des rencontres littéraires, des débats et des lectures, toutes activités annoncées en librairie et renseignées sur le site. Fréquentée par un large public allant de nos voisins du Nord aux Néerlandophones, aux Bruxellois et au public de province, la librairie est basée sur un concept de qualité allant au-delà de ce qui est habituellement proposé. **On aime : les coins et recoins, le choix en perpétuel devenir et la gentillesse de l'accueil.**

Le Palais des Thés

Place de la Vieille Halle aux Blés, 45
1000 Bruxelles
Tél. 02 502 45 59
Fax 02 502 50 95
www.palaisdesthes.com
thesdumonde@skynet.be
Ouverture 7 jours sur 7 de 11 à 18h30.

Comme le vin, le thé possède ses grands crus. Originaires de Chine, d'Inde, du Sri Lanka, du Kenya, du Cameroun, du Rwanda, d'Argentine, du Brésil, de l'île Maurice, du Japon, de Taiwan, de Thaïlande ou du Sikkim, ses arômes et goûts diffèrent fortement. Ce qu'expliquent volontiers Thierry Fauvarque et Vincent Bouchendhomme, deux jeunes Parisiens qui ont ouvert fin 2001 un bel endroit, haut de plafond et dégagé à la vue, situé de l'autre côté de la Fondation internationale Jacques Brel. « Sur les plantations, la qualité des parcelles naît du sol, de l'orientation, de l'altitude, de l'époque de la récolte et du choix des feuilles sur le théier. Ainsi, de mars à avril, les cueillettes de printemps réalisées sur certains jardins d'Inde, de Chine et du Japon figurent parmi les plus prestigieuses et valent leur pesant d'or », conclut Thierry Fauvarque. La maison propose près de 300 thés différents : une centaine de variétés mélangées à des plantes, des fruitiers et des épices. Et les thés nature. Noirs, verts ou mi-fermentés, c'est sur cette palette que les spécificités interviennent. Ainsi les rares et éphémères thés des plantations de Darjeeling, du Japon, de Chine ou du Népal. Bien que produits en petites quantités vendues aux enchères, le *Palais des Thés* obtient chaque année son quota grâce à de bons contacts avec les planteurs. Pour ces thés, vendus de 10 € à 100 € les 100 grammes, la clientèle se déplace de toute la Belgique. **On aime : découvrir le thé grâce aux conseils avisés des maîtres de l'endroit.**

Goupil-o-Phone

Boulevard Anspach, 101
1000 Bruxelles
Tél. 02 511 00 74
Ouvert du lundi au samedi de 10h30 à 19h, le dimanche de 12h30 à 18h, fermé le 25/12 et le 1/1.

On y entre soit en sachant ce que l'on veut, soit en ne cherchant rien de précis. Deux cas de figure, un même résultat : on n'en sort pas bredouille. Le *Goupil-o-Phone*, caché derrière une façade sans âme du boulevard Anspach, recèle des trésors. En seconde main ou nouveautés bradées, tous les styles musicaux, le classique excepté, sont représentés dans ce magasin ignoré des passants pressés. Le pop-rock constitue la plus grande partie des 10 000 CD (bien) rangés au rez-de-chaussée. D'Abba à ZZ top, on trouve de tout, à des prix abordables. Et si on ne trouve pas, on passe soi-même commande sur l'ordinateur du comptoir et la maison vous prévient quand l'objet désiré est disponible. En quête de découvertes ? Le présentoir « What's up » met en évidence l'actu du moment, et, de-ci de-là, des commentaires sur étiquettes attirent votre attention sur l'un ou l'autre boîtier. Mais la toute grande spécialité de l'endroit, c'est le vinyle. L'étage du magasin lui est d'ailleurs entièrement dévolu. C'est ici que viennent s'approvisionner les DJ's et les amateurs de vinyles électroniques. Le choix, en neuf comme en occasion, étant phénoménal, il vous faudra retrousser vos manches et fouiller dans les bacs et les rayonnages. Autre spécialité reconnue de la maison : les œuvres de Madonna et de Mylène Farmer. Plus anecdotique, un petit rayon DVD et même quelques cassettes vidéo préhistoriques. Tous genres confondus, la fourchette de prix va de 1 € pour un vieux single à 40 ou 50 € pour un 45-tours des Beatles ou des Stones. **On aime : le choix ahurissant de microsillons dans leur pochette d'époque.**

The Grasshopper

Rue du Marché-aux-Herbes, 39-43
1000 Bruxelles
Tél. 02 511 77 88
www.thegrasshopper.be
Ouvert 7 jours sur 7 de 10 à 19h.

À un jet de fléchette de la Grand-Place, c'est une belle surprise que l'on découvre au milieu d'une rue colonisée par les échoppes de souvenirs pour touristes. Derrière sa superbe façade, *The Grasshopper* présente sur deux étages une éclectique collection de jeux et jouets pour tous les âges. Les vitrines donnent d'emblée le ton : nous sommes ici dans l'univers enchanté de saint Nicolas et du père Noël, avec des jouets par milliers, un paradis pour les enfants. Le rez-de-chaussée est divisé en deux parties : celle de gauche,

orientée babioles et colifichets, fait le bonheur des petites filles et des fans de gadgets. Bienvenue dans le monde magique et sucré d'Hello Kitty, des poupées Corolle ou Groovy Girls et des robes de fée rose pailleté. On y trouve aussi des accessoires signés Oilily et une sélection de vêtements de pluie de la marque néerlandaise Kidorable, des cirés et ponchos à capuche pratiques et amusants, aux couleurs très toniques.

Autre ambiance dans la boutique de droite. Entre une croquignolette batterie de parfaite cuisinière et un étal de marchande soigneusement imité jusqu'aux faux euros, place aux peluches Steiff, aux animaux miniatures Schleich, à des dés en tous genres, à un éventail de toupies à vous faire tourner la tête...
À l'étage, passé le coin livres et le beau rayon des jeux de société, on entre dans le royaume des jouets en bois : établis de menuisier, trottinettes, chevaux ou, plus original, mouton à bascule. Bien abrité au fond, un espace réservé au divertissement des tout-petits - depuis les confortables tapis d'éveil jusqu'aux gracieux mobiles en passant par des doudous de qualité irréprochable. **On aime : la disposition des rayons, la variété du choix.**

Musée BELvue

MUSÉE BELVUE
Place des Palais, 7
1000 Bruxelles
Tél. 02 545 08 00
Fax 02 502 46 23
www.belvue.be
info@belvue.be

BELVUE LUNCH & TEA
Place des Palais, 7
1000 Bruxelles
Tél. 02 545 08 09
Ouvert du mardi au dimanche
de juin à septembre de 10 à 18h,
d'octobre à mai de 10 à 17h,
fermé les jours fériés

1973
2005

Uitgang
Sortie

Pour tout connaître de l'histoire de la Belgique, de l'indépendance de 1830 à l'État fédéral actuel, il est nécessaire de pousser la porte d'un musée bien particulier. Inauguré en 2005, il accueille les collections de l'ancien musée de la Dynastie et du mémorial Roi Baudouin. Du *BELvue* toujours, il est conseillé de visiter le site archéologique du Coudenberg qui s'étend sous la place Royale, à l'emplacement de l'ancien palais de Bruxelles. Construit du XIe au XIIe siècle, l'ensemble célébré par toutes les cours de son époque est détruit en 1731 lors d'un gigantesque incendie. De la rue Isabelle à l'Aula Magna de Charles Quint, la promenade dans les souterrains permet de découvrir quelques vestiges d'un passé révolu. Entre deux visites, le bienvenu *BELvue Lunch & Tea* propose son espace de restauration. **On aime : la terrasse inattendue, ouverte dès les beaux jours.**

Mer du Nord / Noordzee

Rue Sainte-Catherine, 45
1000 Bruxelles
Tél. 02 513 11 92
Ouvert du mardi au samedi de 8 à 19h (comptoir et magasin), le dimanche de 11h30 à 20h (service au comptoir uniquement), fermé le lundi.

À la belle saison, avec ses terrasses ombragées, la place Sainte-Catherine prend des allures d'esplanade provençale. Sous la grisaille hivernale, ses façades à pignons esquissent plutôt un tableau flamand. Été comme hiver, vous éloignant du boulevard pour gagner les anciens quais, en tournant à l'angle de la rue Sainte-Catherine, vous vous heurterez à un attroupement compact et animé à peu près impossible à traverser. Bruxellois et touristes sont nombreux à manger debout sur le trottoir au comptoir de la poissonnerie *Mer du Nord/Noordzee*, dans un coude-à-coude convivial et animé. Du matin au soir, on déguste escargots, moules « parquées » (« crues ») avec du pain beurré, huîtres, bulots, saint-jacques, croquettes de crevettes, soupe de poisson, thon à la plancha ou espadon grillé... Ni chaises ni tables : il n'empêche que l'on ne se hâte pas pour déguster son plat et boire un verre (vin blanc, rosé, rouge, eau pétillante uniquement). Le dimanche, on s'attarde d'autant plus volontiers que dès quatorze heures, un DJ investit le magasin, ses platines installées dans les vitrines où l'on trouve en semaine des produits de la mer hyper-frais. S'y invitent aussi à l'occasion un groupe de rock ou un guitariste. À quelques encablures de la rue Dansaert, c'est devenu en peu de temps un endroit branché mais, prix volontairement démocratiques obligent, il est resté populaire, ce qui fait tout son charme. **On aime : la fraîcheur des produits, l'ambiance.**

Évasions

Rue du Midi, 89
1000 Bruxelles
Tél. 02 502 49 56
Ouvert du lundi au samedi
de 10 à 20h, le dimanche et les jours
feriés de 11 à 20h, 365 j./an.

ÉVASIONS 2
Rue du Midi, 147
Tél. 02 513 63 84
Ouvert du lundi au samedi
de 10 à 19h, le dimanche et les
jours feriés de 12 à 19h.

Le quartier du boulevard Lemonnier et de la rue du Midi grouille aujourd'hui de bouquinistes et de soldeurs de fins de stocks. Pourtant, quand Franco de Nigris a ouvert sa bouquinerie, voici une dizaine d'années, personne n'aurait parié sur sa réussite. Son magasin a néanmoins rencontré un succès immédiat, attirant de plus en plus de monde dans le coin. Les grandes baies vitrées de cette boutique située à l'angle de deux rues vous donnent l'impression d'être à l'intérieur, sans avoir poussé la porte. Même en marchant d'un pas pressé sur le trottoir, impossible de ne pas avoir l'œil attiré par l'un ou l'autre des nombreux – et beaux – ouvrages exposés dans les vastes vitrines. *Évasions* vend (et achète) à peu près de tout, dans tous les domaines : littérature contemporaine, tourisme, cuisine, psycho, socio, beaux-arts, BD, livres anciens, et à l'étage cinéma, musique, CD et DVD. Les livres y grimpent jusqu'au plafond, généralement sur deux rangées (dénichez un des escabeaux ou un tabouret si vous voulez fouiller extensivement un rayon). Les tables de nouveautés présentent des livres tout récents, dans un état impeccable. Il s'agit parfois d'ouvrages revendus quelques jours seulement après leur parution, à un prix épatant. Dans un espace très agréable et plus aéré, *Évasions 2*, dans la même rue, vend quasiment la même chose, la littérature enfantine, l'économie et le droit en plus. La gestion des stocks (100 000 volumes pour les deux adresses) n'est pas informatisée, mais le personnel connaît bien ses rayons. **On aime : l'esprit bouquinerie, sans le fouillis poussiéreux qui l'accompagne généralement.**

MIM, le Musée des instruments de musique

MIM, LE RESTAURANT
Montagne de la Cour, 2
1000 Bruxelles
Tél. 02 502 95 08
www.restauration-nouvelle.be
info@restauration-nouvelle.be
Ouvert du mardi au vendredi de 9h30 à 16h45, le dimanche de 10 à 16h45, brunch le dimanche de 10 à 12h30, fermé les soirs et le samedi.

MIM, LE MUSÉE
Tél. 02 545 01 30
Fax 02 545 01 77
www.mim.fgov.be
Ouvert du mardi au vendredi de 9h30 à 16h45, le samedi et le dimanche de 10 à 16h45, fermé les lundis et jours fériés.

Au sixième étage, la terrasse du restaurant du Musée des instruments de musique offre, c'est un fait avéré, l'une des plus belles vues sur Bruxelles. Chapeauté par *Restauration Nouvelle*, la société d'Albert Michiels (l'*Orangerie* du parc d'Egmont, *Cook & Book*, le château de Seneffe...), le restaurant habille les toits du MIM d'un confortable espace vitré.

Longtemps laissé à l'abandon, le bâtiment Art nouveau, mélange audacieux de fer et de verre conçu en 1898 par Paul Santenoy, est sauvé de la destruction et rénové depuis 2000. Musée unique au monde, le MIM expose tout aussi bien une viole de gambe que la série des instruments d'essai d'Adolphe Sax, l'inventeur belge du saxophone. Le musée loge avec bonheur près de 6 000 pièces sur quatre des six étages des magasins *Old England*. **On aime : la vue !**

Brüsel

Boulevard Anspach, 100
1000 Bruxelles
Tél. 02 511 08 09
Fax 02 502 35 52
www.brusel.com
info@brusel.com
Ouvert du lundi au samedi
de 10h30 à 18h30,
le dimanche de 12 à 18h30.

Implantée depuis octobre 1994 entre la place de Brouckère et la Bourse, la librairie *Brüsel*, nom « offert » par François Schuiten, est la création de Reynold Leclercq et Frédéric Ronsse, deux passionnés de bandes dessinées. Signé par l'architecte Abdo Khoury, l'habillage interne est minimaliste. Sablés avec soin, les murs ont libéré une brique rouge du plus bel effet. Découpées et montées en un meccano géant, des passerelles de plateformes pétrolières présentées sur leur face lisse sont devenues le fil d'Ariane d'une mezzanine ornée de sérigraphies, d'offsets et de planches originales proposées à la

vente sous forme d'expositions temporaires. Comme la *Fièvre d'Urbicande*, un autre titre de Schuiten, *Brüsel* s'est agrandie dans un enchevêtrement de métal et totalise aujourd'hui 200 m^2 ordonnés en un parcours qui offre au client assez d'espaces pour flâner de rayons en présentoirs. « Mangas, comics, livres graphiques, publications en néerlandais, anglais, espagnol,... la BD est plurielle », souligne Reynold Leclercq. « Et si *Brüsel* est un diffuseur ouvert au grand public, sa démarche fondamentale est de suivre la production underground dans ce qu'elle a de novateur, que ce soit au niveau du dessin, du récit ou de la mise en cases. Avec Frédéric, nous sommes ainsi attentifs aux petites structures, aux collectifs, aux tirages confidentiels et à toutes nouvelles formes d'expression graphique. » Pour ce public plus averti, amateur de belles choses et sensible aux coups de sonde comme aux coups de cœur, la librairie organise des conférences, des séances de dédicaces, des expositions, édite des portfolios et un journal. **On aime : une ouverture de qualité à des genres différenciés.**

Alain Chevalier Art of hair

Rue des Riches Claires, 18
1000 Bruxelles
GSM 0498 88 88 81
Dès septembre, RV par mail
chevalier_merlos@hotmail.com
Les autres jours, sur rendez-vous .

Coiffeur depuis bientôt 25 ans, Alain Chevalier a souhaité se dissocier de « ces chaînes qui gomment purement et simplement le côté artistique du métier tout en oubliant qu'une séance chez le coiffeur doit avant tout devenir un moment de détente ». Poursuivant son idée, il ouvre son propre salon en avril 2000. Pas un salon ordinaire mais bien un espace privatif conçu à la manière d'un cocon chaleureux.
Pièce majeure, l'unique fauteuil lave-tête est virtuellement customisé en bulle de relaxation. Une fontaine à pierres, une bougie, quelques bâtons d'encens et une tasse de thé parachèvent le tableau. Vous y figurez en tant que client privilégié, Alain Chevalier ne prenant qu'un rendez-vous à la fois, le temps d'une coupe, d'une ombre et lumière – ainsi qu'il appelle désormais le balayage – ou d'une couleur à base de pigments naturels. La coupe à sec est l'une de ses spécialités, comme l'absence de brushing, remplacé par un séchage rapide respectant l'implantation des cheveux et leur texture.

Premier à ouvrir un salon de coiffure le dimanche, il a l'intention de céder les premiers jours de la semaine à un indépendant qui travaillera en respectant l'idée de base : salon privé, produits naturels et accueil personnalisé. Les trois derniers jours de la semaine resteront cependant aux mains d'Alain Chevalier.
On aime : la démarche et le service exclusif.

Privejoke

Rue du Marché au Charbon, 76-78
1000 Bruxelles
Tél 02 502 63 67
Ouvert du lundi au samedi
de 11 à 19h,
le dimanche de 14 à 19h.

Dans la coquette et florissante rue du Marché au Charbon, cette grande boutique multimarques ne passe pas inaperçue. Chez *Privejoke*, tout est chic, élégant et attrayant : l'enseigne, la haute façade, les immenses vitrines, les trois très belles pièces en enfilade, la musique de fond et, bien sûr, les vêtements, pour femmes comme pour hommes. Le lieu, plébiscité par les « fashionistas » et cité par les magazines de mode, a indéniablement une âme. Décor soigné, branché sans excès, éclairage étudié, l'adresse a réussi le défi d'être d'emblée

dans le vent et de s'inscrire dans la durée. Ce succès l'a incitée à étendre ses heures d'ouverture. Une clientèle jeune, argentée et branchée s'y presse donc tout au long de la semaine pour découvrir des tenues et des accessoires tendance triés sur le volet. C'est fashion, BCBG mais facile à vivre, cher, sans doute, mais pas délirant. Les lignes sont pures, les matières de qualité. Le premier des trois espaces bien distincts est réservé aux femmes, avec des griffes telles que Filippa K, Sessun, American Vintage, Erotokritos, See by Chloé...

Tout au fond du magasin, atmosphère plus feutrée pour le domaine masculin. Murs sombres, boiseries chaudes, mezzanine style coursive de navire, énorme tête de bison et ours empaillé, l'ensemble est à la fois stylé et chaleureux. On y trouve les jeans Edwin, les marques Velour, Junk de Luxe, entre autres. Entre les deux univers, une antichambre fraîchement redécorée dans un esprit seventies crée une transition originale. À noter encore, la collection « le fabuleux Marcel de Bruxelles ». **On aime : la sélection des marques, le décor.**

Bozarshop

Rue Ravenstein, 15
1000 Bruxelles
Tél. 02 514 15 05
Fax 02 514 35 05
www.bozarshop.com
contact@bozarshop.com
Ouvert 7 jours sur 7
de 10 à 20h.

Lancée le 6 décembre 2007, juste à temps pour les fêtes de fin d'année, *Bozarshop* est géré pour Le Palais des Beaux-Arts par un Bruxellois éclectique. Issu de la BD, Pierre Lefèvre a travaillé plus de 17 ans chez *Schlirf Book* avant de s'essayer, avec succès, à la petite restauration et à l'épicerie spécialisée dans les champignons. C'est entouré de Colin Bouchat, Jacques de Neuville et Ine Vander Elst que Pierre Lefèvre évolue dans les sept magasins Victor Horta qui bordent en couronne son palais des Beaux-Arts. Décloisonnés et

réaménagés par les architectes Pierre et Pablo Lhoas, ce ne sont rien moins de 360 m² d'un seul tenant qui ont été dégagés, ce qui permet de présenter les revues et la majorité des livres de face. Devant le pan de mur réservé à la presse spécialisée du monde entier, une haute table et quelques tabourets incitent à la pose. Un présentoir bas expose les réalisations d'un petit collectif de jeunes designers bruxellois, A1. Une section de livres pour enfants conduit aux espaces photographie, arts moderne et contemporain, théâtre, danse. En toute logique, les expositions de la maison sont soutenues par une présentation de catalogues, de livres et autres dérivés. En musique, la programmation du Palis des Beaux-Arts est mise en évidence, répondant ainsi à la demande d'une clientèle qui trouvera également dans les bacs – de petites merveilles aériennes signées Pierre Lhoas – une fine sélection de titres classiques et contemporains. En cinéma, le choix des DVD s'est orienté vers le cinéma belge, le cinéma d'auteur, les documentaires et une sélection de films américains classiques. **On aime : l'offre, sans cesse renouvelée et cette sensation de pénétrer dans le saint des saints.**

Le Cercle des Voyageurs

Rue des Grands Carmes, 18
1000 Bruxelles
Tél 02 514 39 49
www.lecercledesvoyageurs.com
Ouvert du lundi au samedi de 11 à 24h,
le dimanche de 12 à 24h.

CHAMPAGNE
ESPAGNE
GRANDE
BRETAGN
HONGRIE
ROUTARD
Job-trotter
ESPAGNE
BOTSWANA

13x
VILLE OUVERTE

L'Océan indien
TAHITI MAGIQUE
SEYCHELLES
Ghana
KENYA
NIGER
ANTILLES
Nomades du Niger
SAHARA
Islande

Zanzibar

Ouvert le 11 septembre 2002 par Brigitte de Clercq et Didier Horion, *Le Cercle des Voyageurs* était un lieu d'accueil, de culture et d'échanges centrés sur le voyage. La cuisine était du monde, à l'image de ceux qui fréquentaient les lieux... rien de moins que l'ancien Hôtel de Roest d'Alkemade, une maison patricienne de 1695, date de la reconstruction d'une ville détruite par bombardement sur ordre de Louis XIV. Classée par arrêté royal, la façade est d'une sobriété remarquable, tout comme les caves voûtées transformées en espaces d'exposition. En janvier 2005, alors qu'ils voyageaient au Mali, un tragique accident coûte la vie aux deux jeunes gens. Leur création n'est cependant pas abandonnée. Annick de Clercq, maman de Brigitte, et Caroline, sa sœur, reprennent en effet le projet.
Aujourd'hui, la convivialité est toujours de mise dans le « salon retour des colonies », décoré de fauteuils club, de tables basses et d'un espace de restauration désormais axé sur de la cuisine française avec une petite touche d'exotisme. Si la décoration est inchangée, la bibliothèque s'est muée en un « Centre de documentation voyages » qui met à disposition de tout un chacun des informations sélectionnées par des partenaires voyagistes et des offices de tourisme. Rencontres, conférences et expositions sont régulièrement programmées, toujours sur la thématique du voyage. **On aime : la pérennité du projet.**

Passa Porta

Rue Antoine Dansaert, 46
1000 Bruxelles
Tél 02 502 94 60
Fax 02 502 94 61
www.passaportabookshop.be
info@passaportabookshop.be
Ouvert du mardi au samedi de 11 à 19h,
le dimanche de 12 à 18h.

Implantée dans le très couru quartier Dansaert, la Maison Internationale des Littératures déploie un espace agréable à fréquenter. Jeune libraire, Ludovic Bekaert veille sur *Passa Porta* depuis mars 2005. La maison est connue pour sa sélection en prose et en poésie néerlandaises. Un endroit réservé aux enfants permet aux adultes de bouger sans souci. Conviviale, une table est posée sous la verrière pyramidale qui éclaire le premier espace de Passa Porta, celui-là même qui se dévoile au bout de l'étroit couloir démarrant à front de rue. Autour de la table, quelques poufs rouges invitent à la détente, un thé ou un café en main. Deux profonds fauteuils, rouges également, ajoutent une touche cosy. À droite, un large espace est réservé à la littérature française, à ses nouveautés, tous éditeurs confondus, à une sélection contemporaine. Un second espace légèrement surélevé réunit les ouvrages néerlandais hors littérature, quelques titres en anglais et en allemand. Le sous-sol est aménagé depuis peu et reçoit des beaux livres dans une sélection orientée vers les beaux-arts, l'architecture, l'érotisme et le graphisme, le tout dans la langue d'origine.

La Maison *Passa Porta* poursuit l'organisation d'expositions, conférences, brunches et apéritifs littéraires avec l'accord de Ludovic Bekaert. Tous les deux mois, une mise à jour des activités est disponible, en librairie et sur le site internet. **On aime : le livre décliné dans nos deux langues nationales, côte à côte.**

MuseumFood

MUSEUMFOOD
Rue de la Régence, 3
1000 Bruxelles
Tél 02 508 35 80
Fax 02 508 35 83
Informations, clientèle, évènements :
02 508 35 83
www.museumfood.be
mail@museumfood.be

MUSEUMCAFÉ
Rue de la Régence, 3
1000 Bruxelles
Tél 02 508 35 80
info@museumcafe
Ouvert du mardi au dimanche
de 10 à 18h.

MUSEUMBRASSERIE
Place Royale, 3
1000 Bruxelles
Tél 02 508 35 80
info@museumbrasserie
Ouvert 7 jours sur 7 de 11h30 à 14h30
et de 18h30 à 24h.

CAFÉLOUNGE
Place Royale, 1
1000 Bruxelles
Mêmes heures d'ouverture
que le MuseumShop.

MUSÉES ROYAUX DES BEAUX-ARTS
Tél 02 508 32 11
Fax 02 508 32 32
www.fine-arts-museum.be
communication@fine-arts-museum.be
Ouvert du mardi au dimanche
de 10 à 17h.

MUSEUMSHOP
Place Royale, 1
1000 Bruxelles
Tél 02 508 34 20
www.fine-artsmuseum.be
museumshop@fine-arts-museum.be
Ouvert du mardi au dimanche
de 10 à 18h, sauf jours fériés.

Derrière *MuseumFood* se dissimulent différents partenaires dont Peter Goosens, la plus étoilée des toques belges. Son parcours est remarquablement linéaire : première étoile Michelin en 1994, une deuxième quatre ans après. En 2004, la note 19,5 est accordée par Gault & Millau et Michelin offre une troisième étoile à celui qui œuvre toujours derrière les fourneaux du *Hof van Cleve*, dans les Ardennes flamandes. C'est sous son impulsion que l'art muséal se mêle désormais de gastronomie. Agencée par Antoine Pinto – *Belga Queen* de Bruxelles et Gand, *Quincaillerie*, *Pasta Comedia* –,

l'entité se subdivise bientôt en un *MuseumCafé* (2006) et un *MuseumBrasserie* (2007), Peter Goosens veillant sur la carte des deux restaurants. Accroché à la terrasse du Jardin des Statues, un havre de paix qui suit les heures d'ouverture du musée, le premier s'habille en self, oscillant entre sushis, entrecôtes, salades, sandwiches et quelques collations d'après-midi. Le second s'affiche gastronomique avec une carte réinventant la cuisine traditionnelle belge, de l'américain avec son véritable cornet de frites au vol-au-vent enrichi de volaille, ris de veau et crevettes. Spécialité des lieux, les tartares de thon, de saumon ou de boeuf préparés à la demande. Géré cette fois par les musées, le *MuseumShop* s'enroule de part et d'autre de l'escalier Argenteau, une réalisation Horta. À l'étage, le peu connu *MuseumLounge* est un espace de quiétude où il est possible de se désaltérer tout en consultant la littérature mise à disposition. **On aime : l'association art, culture et gastronomie dans un endroit unique, à deux pas de la place Royale.**

Musea voor Schone Kunsten van België
MARAT
LEONARDO

Les dessous du dessin

Rue Marché au Charbon, 13
1000 Bruxelles
Gsm 0477 93 95 67
www.les-dessous-du-dessin.be
champignac@skynet.be
Ouvert du jeudi au
dimanche de 11 à 19h.

C'est en septembre 2005 qu'un homme se pose face au commissariat de la Grand-Place. Dans ses malles, sa collection de planches et autres trésors destinés à alimenter le stock de sa galerie de bandes dessinées. Trois ans après, celui qui a quitté son emploi dans une société boursière est plus que jamais présent. Avec son accueil spontané, Jean-Philippe Beaujean se donne le temps de recevoir tant les clients que les dessinateurs et autres passionnés du 9e Art. Avec un plaisir manifeste, il détaille l'histoire des pièces et planches proposées à la vente. « Loisel, Desorgher, Benn, Vance, Will, Walthéry, Jijé, Cayman, Taymans, Hergé, Mittéï... je vends uniquement des orignaux, un marché en pleine croissance, des objets de collection, des tirages rares et des ex-libris. Certaines pièces sont issues de ma collection, d'autres de dépôts faits en toute confiance, un sentiment qui est la base même de ma démarche achat-vente. » Intéressé par la BD depuis tout jeune, Jean-Philippe Beaujean anime des ventes privées et publiques, accepte des expertises conviviales et organise des accrochages à l'étage. Dans ce cas, cet espace est accessible au public. Interrogé à propos d'éventuelles pièces exceptionnelles ayant tourné chez lui, il cite un double strip des *Sept Boules de cristal* vendu 48 000 € en 2006. Et la couverture-poster des 10 ans du *Petit Vingtième*. Signée Hergé, elle a été négociée à 33 000 €. La même pièce vendue aujourd'hui vaudrait 55 000 €... **On aime : la tchatche, souriante et érudite.**

La Voix de son Maître

Galerie du Roi, 14
1000 Bruxelles
Tél 02 511 28 52
Fax 02 512 28 60
ext.hmv@extrazone.be
Ouvert le lundi de 12h30 à 18h30,
du mardi au vendredi de 10 à 18h30,
le samedi de 10 à 20h,
le dimanche de 12h30 à 19h.

L'enseigne est musicale depuis 1923 et doit à l'intelligence de ses occupants d'être toujours en place. Christian Duponcheel, l'actuel gérant, travaille pour un holding belge spécialisé en musique, jeux et images. « La spécificité de ce magasin est réelle, explique-t-il. Si j'ai adopté un habillage interne correspondant aux critères de la chaîne, je reste maître d'un stock constitué à 80 % de musique classique. » Dans le détail, les racks offrent aux amateurs éclairés un choix de genres allant de l'enregistrement rare – Caruso en 1906 – aux compositeurs peu connus, d'enregistrements historiques des années 20 à 50 à plusieurs interprétations d'une même œuvre. *La Voix de son Maître* est suivie par une clientèle très avertie de concertistes, chefs d'orchestre, chanteurs... et par des amateurs éclairés. C'est le cas de Francis Perrin qui ne manque pas, lors de ses passages à Bruxelles, de s'enquérir d'un nouvel enregistrement du *Don Giovanni* de Mozart. La musique contemporaine est présente, avec un label comme *Stradivarius, Kairos* et *Mode*. Le très pointu *Wergo* n'est pas dans les bacs mais peut être commandé. Enfin, on note la présence d'une sélection de musique française et de jazz classique. Depuis septembre 2006, Christian Duponcheel rassemble les éditions budget à l'étage : des DVD classiques et un intéressant choix de musique classique, coffrets ou singles édités chez *Naxos* ou *Brilliant*. **On aime : pianiste, chanteur choriste, violoniste, flûtiste... chacun ici est musicien, un bel hommage à *La Voix de son Maître*.**

Librairie Saint-Hubert

Galerie du Roi, 2
1000 Bruxelles
Tél. et fax 02 511 24 12
www.librairie-saint-hubert.com
info@librairie-saint-hubert.com
Ouvert du lundi au jeudi de 10 à 19h30, nocturne les vendredis et samedis de 9h30 à 20h30, le dimanche de 12h30 à 18h30.

Déjà librairie avant la Première Guerre mondiale, tout laisse à supposer qu'auparavant, vers 1850, les lieux étaient ceux d'un apothicaire. Les meubles d'origine, leur disposition et certains détails tendent à conforter cette hypothèse. Depuis 2006, date de sa reprise par Bertrand Niaudet, la *Librairie Saint-Hubert* connaît de nouvelles fortunes. Ce Parisien devenu Bruxellois – il apprécie « une ville de dimension internationale à taille humaine » – a travaillé une dizaine d'années avec Niki de Saint-Phalle, sur ses produits dérivés. Tout comme il a assuré pour Flammarion d'autres produits de ce type, dont la licence Magritte. S'il a conservé la vocation de livres d'art neufs haut de gamme qui a toujours été celle des lieux, Bertrand Niaudet leur a insufflé un vent neuf. En bas, deux espaces accueillent, l'un, des expositions temporaires et l'autre, des rayons consacrés à l'architecture et au design. Dans la pièce principale, la photographie contemporaine propose le meilleur des choix avec des livres généralistes et des monographies.

À l'étage, la disparition de l'ancien plafond a révélé une mezzanine décorée d'une rampe Art nouveau. Elle délimite un second local réservé aux éditions à tirage numéroté, limité ou signé ; aux estampes ; à quelques pièces uniques et à des expositions d'artistes d'envergure. **On aime : la mezzanine et une sobriété retrouvée incitant à se perdre dans les titres.**

À vol d'oiseau, peu de distance. Pourtant, ces deux quartiers possèdent chacun leur spécificité. Dominée par Notre-Dame-du-Sablon, un joyau gothique fréquenté par Paul Claudel lorsqu'il était ambassadeur de France, la place éponyme est bordée par des façades du XVIe siècle, à pignons à gradins. D'autres sont caractéristiques des styles Louis XIV, XV et XVI, en harmonie avec un quartier à forte concentration d'antiquaires.

À son extrémité, le Sablon dévale vers les Marolles, 52 ha traversés par deux parallèles, la rue Haute et la rue Blaes. Maisons restaurées, impasses retrouvées et ruelles étroites incitent au parcours « nez en l'air ». Le chaland comme le touriste s'attardent volontiers place du Jeu de Balle. Là, le « Vieux Marché », ses terrasses et ses commerces typés oscillent entre puces, brocante et vieux « brols ».

DU À DU JEU

SABLON
LA PLACE
DE BALLE

Passage 125

Rue Blaes, 121-123-125
1000 Bruxelles
Tél. 02 503 10 27
Blaes125@yahoo.com
Ouvert le dimanche de 10 à 17h30,
lundi, mercredi et vendredi de 10 à 17h,
mardi, jeudi et samedi de 10 à 18h.

Les prix s'étant envolés aux puces de Paris comme de Londres, Bruxelles s'affirme comme la capitale européenne de la chine. La place du Jeu de Balle, la rue Haute, la rue Blaes et leurs perpendiculaires en pente délimitent le terrain de chasse favori des amateurs de brocante. Ils y trouveront plusieurs « markets », vastes espaces qui regroupent sous un même toit différents marchands. Le *Passage 125* est certainement le plus impressionnant de ces marchés couverts. Sur 1 200 m² et quatre étages bordés de galeries, trente commerçants exposent leurs trouvailles dans une immense caverne d'Ali Baba, qui touche

au summum du « brol » – bric-à-brac sens dessus dessous, en bruxellois –. Toutes les spécialités et toutes les époques se mélangent ici, du XVIIIe siècle aux années septante. On y trouve aussi bien des tables en acajou et des bijoux que des luminaires, des carrelages ébréchés, des morceaux de pierre bleue, de vieux radiateurs en fonte qui pèsent une tonne, des sanitaires de récupération, des statues, un raton laveur... empaillé.

Il y en a pour tous les goûts et à tous les prix, qui sont le plus souvent indiqués. Ménagez-vous suffisamment de temps pour parcourir les étages,

vous aurez parfois du mal à vous frayer un chemin entre les guéridons de style et les vitrines garnies de bibelots. Et regardez où vous mettez le pied, sous peine de trébucher dans les franges d'un tapis qui rebique. Perdez-vous dans le dédale des coins et recoins où les objets s'entassent dans des mises en scène approximatives. Nul doute que vous y découvrirez, si pas l'objet de décoration de vos rêves, au moins une madeleine de Proust qui vous transportera des années en arrière. **On aime : l'impression excitante qu'on va y dénicher un trésor.**

JAMES DEAN
GIANT

JAMES DEAN
GIANT

Ut Pictura Musica

Rue Bodenbroek. 8
1000 Bruxelles
Tél. 02 256 77 32
www.fugalibera.com
info@fugalibera.com
Ouvert du lundi au vendredi
de 10h30 à 18h30
et du samedi au dimanche de 10 à 18h
(flexibilité de fermeture le dimanche).

Placé en biais par rapport à Notre-Dame-du-Sablon, un antiquaire s'est effacé depuis juillet dernier devant une nouvelle enseigne. Le passant pressé ne peut que capter fugitivement des CD's présentés sur de minuscules chevalets en bois. Sur les deux murs de coin, de part et d'autre de la double vitrine, des clichés argentiques signés Robin Davies, un artiste spécialisé dans les photos d'enregistrement pour *Alpha*, renvoient à la particularité d'*Ut Pictura Musica*... « un magasin de culture spécialisé, ouvert aux mélomanes, aux érudits et

aux profanes ». À la base de cette ouverture, il y a *Outhere*, une société montée en 2004 pour redynamiser l'édition discographique belge. Avec les disques *Alpha*, un label français (1999) qui fait référence en musique ancienne, elle réunit deux maisons belges. Centrée sur la renaissance des instruments d'hier, *Ricercar* est fondée en 1980, à l'initiative de Jérôme Lejeune, un musicologue liégeois. *Fuga Libera* se focalise depuis 2004 sur des périodes plus récentes. Moyen Âge, jazz et musique contemporaine : la palette offerte par les trois maisons est complémentaire et l'ambiance chaleureuse, le magasin étant installé façon salon. Deux fauteuils encadrent une tablette supportant des casques d'écoute. Elle est pratiquement dissimulée dans un meuble de rangement accueillant des CD's... et livres, *Ut Pictura Musica* proposant également les livres d'art de l'éditeur italien Franco Maria Ricci (www.fmrspa.it). La couverture est tendue d'une soie bleue destinée à mettre en valeur les lettres, dorées à la feuille. Chaque nouvelle entrée au catalogue FMR est une œuvre numérotée et signée, recherchée par les collectionneurs et amateurs de belles choses. **On aime : le mélange réussi entre musique et livres d'art.**

Vitrapoint

Place du Grand Sablon, 35
1000 Bruxelles
Tél. 02 242 02 02
www.brussels.vitrapoint.net
Ouvert du mardi au
dimanche de 10 à 18h.

Trois ans après son ouverture le flagshipstore de la marque *Vitra* est toujours aussi pimpant. Installé dans un immeuble classique du XVIIIe siècle qui abritait auparavant une galerie d'art, il expose sur 500 m² une large collection de meubles et accessoires design pour la maison et le bureau. Très estimé par les professionnels, architectes, décorateurs, responsables d'entreprise, *Vitra* reste assez méconnu du grand public. Les « Points Vitra » – la Belgique en compte trois sur les six existants à l'heure actuelle – ont pour objectif de permettre à tout un chacun de « faire physiquement connaissance avec la marque

et les produits *Vitra* ». Depuis 1950, cette entreprise familiale suisse réédite des créations de grands maîtres du design, d'une part et, d'autre part, déniche et lance de nouveaux talents. Dans le show-room du Sablon, qui se visite comme un musée, les sièges chefs-d'oeuvre de Charles et Ray Eames et de Verner Panton, les horloges murales de George Nelson et les lampes d'Isamu Noguchi voisinent avec les tables de Maarten Van Severen, le bureau BaObab de Philippe Starck et les algues décoratives des frères Bouroullec. Impossible de manquer, dans une vitrine kilométrique, les sièges miniatures, reproductions fidèles de grands classiques du design qui font le bonheur des collectionneurs. À noter encore, un choix d'ouvrages sur le design et les designers. Et, tout au fond du magasin, une sélection des portraits noir et blanc signés Christian Coigny pour la fameuse campagne de pub qui met en scène des personnalités assises sur des sièges Vitra : Roman Polanski y côtoie Sting, Dizzie Gillespie, Grace Jones... Rêve inaccessible pour beaucoup, Vitra offre pourtant, outre ses miniatures (à partir de 80 €), nombre de possibilités à (plus) petits prix telles cette lampe de table Akari du créateur Isamu Noguchi (175 €), ce coupe-papier en acier de Jean Prouvé (132 €) ou le célèbre ruban de mesures Modulor de Le Corbusier (54 €). **On aime : ce concentré du meilleur design au cœur du quartier des antiquaires.**

vitra.
vitrapoint.

L'Univers du Thé

À l'ombre bienveillante de Notre-Dame-du-Sablon s'est installée une boutique comme on les aime : accueillante, intelligente et empreinte de sérénité. Sa vitrine n'est pas large, pour un peu, on passerait devant sans la remarquer. Mais le seuil franchi, quel bonheur ! C'est effectivement tout un univers qui vous tend les bras. Les maîtres des lieux ont admirablement réussi le pari de concevoir un endroit qui soit à la fois chaleureux et fonctionnel. Ici, tout a été conçu pour vous faire découvrir et apprécier le thé dans toute sa splendeur. Les mélanges sont à portée de main et à hauteur de narines.

Rue Bodenbroeck, 14
Tél. 02 513 20 67
1000 Bruxelles
www.universduthe.be
Ouvert du mardi au dimanche
de 11 à 18h30.

Soulevez les petites cloches de verre qui s'alignent sur les étagères et humez. Regardez les écriteaux : chaque variété fait l'objet d'une description aussi détaillée qu'alléchante. Même le plus accro des caféinomanes se laissera tenter. D'autant plus que Daniel et ses associés ont l'art de vous faire partager leur passion, vous guidant dans votre choix et vous présentant les thés avec un enthousiasme contagieux. Les clients ? Des habitués, des touristes et même des touristes habitués. Chacun, profane comme connaisseur, est accueilli avec la même gentillesse. Tout juste si Daniel lève un sourcil quand une demoiselle lui demande du thé amaigrissant. Il a de fait en magasin du Pu Ehr, à l'effet brûle-graisses mais au puissant goût de terre... Thés blancs raffinés, thés verts, très en vogue, thés noirs, thés fumés, Earl Grey, thés rouges, thés bio... au total, ce ne sont pas moins de 300 variétés qui sont proposées ici et le choix s'élargit chaque année de nombreuses nouveautés. *L'Univers du Thé* offre aussi un choix de théières, boules et cuillères ou, plus judicieux, de filtres à thé qui permettent aux feuilles de développer pleinement leurs arômes et même, pour les puristes, une bouilloire à température réglable. **On aime : les belles pochettes refermables qui préservent la fraîcheur des thés, dûment étiquetées, et la qualité du service.**

Apostrophe

Rue Blaes, 50
1000 Bruxelles
Tél. 02 502 67 38
www.apostrophe1.com
info@apostrophe1.com
Ouvert le dimanche de 10 à 17h,
du lundi au samedi de 10 à 18h,
fermé le 25/12 et le 1/1.

C'est une boutique de coups de cœur, une brocante de charme qui ravit les amateurs d'insolite et d'originalité. *Apostrophe* a deux spécialités : les vieux meubles de métier, de la fin du XIXe siècle à avant la Seconde Guerre mondiale, et les objets « qui ne servent à rien mais qui ont une âme », précise Stéphane Vanhandenhoven, maître des lieux depuis douze ans. Du mobilier d'atelier aux lampes articulées, on dégotera ici de quoi donner à son intérieur un look total industriel. Le magasin cache cependant bien d'autres choses que les meubles à volet, les casiers métalliques et les secrétaires à rideau remis en parfait état qui ont fait sa réputation.

Au rez-de-chaussée trône un monumental meuble de pharmacie des années vingt, un comptoir d'épicerie vitré, du mobilier de bureau et toute une série d'outils d'artisans. Au sous-sol, s'entassent des pupitres d'écoliers et des lots de chaises : d'école, de bureau, de jardin. Mais surtout, furetant çà et là, on découvre de jolies surprises qui donnent immanquablement envie d'apporter une touche originale à son « sweet home ». Plaques en tôle émaillée, balances en étain, cartes de géographie et planches didactiques qui ornaient autrefois les murs des salles de classe, gants de boxe en cuir et sacs de frappe assortis, snooker ou jeu de croquet en bois, l'éventail est hétéroclite et plaisant. *Apostrophe* cultive intelligemment sa différence. **On aime : l'originalité des objets proposés, le site internet, exhaustif et mis à jour hebdomadairement.**

L'Imaginaire

Peu importent les saisons, le marché de la place du Jeu de balle est ouvert tous les jours, de 6 heures du matin à 14 heures ou plus, selon l'envie des brocanteurs. « Tout au début, je vendais mes livres sur la place », explique Philippe Simon, un bouquiniste établi au numéro 30, entre *Chez Will* et le *Volle Gaz*, deux cafés avec terrasse. « J'ai acheté cette maison au retour d'un long séjour en Amérique du Sud, en 1988. Mon premier stock ? Mes livres. Essentiellement de la littérature parallèle comme les numéros de *Temps mêlés*, une revue littéraire belge d'avant-garde fondée par André Blavier.

Place du Jeu de Balle, 30
1000 Bruxelles
Tél. 02 511 22 23
l.imaginaireyahoo.fr
Ouvert du mardi au dimanche
de 10 à 14h.

Et des romans populaires. J'étais alors sur le marché dès l'aube, attentif aux déballages de bouquins, moins nombreux aujourd'hui. » Quand il fait soleil, la porte de *L'Imaginaire* s'ouvre sur deux étages emplis de livres. Quelques petits passages permettent de se mouvoir, sans trop de précipitation, sous peine de déranger l'un ou autre amoncellements. L'escalier, étroit, à l'image de la maison, est bordé côté mur par de coquines petites piles de poches ne demandant qu'à s'échapper. On n'en bouge que plus doucement, ce qui décuple le plaisir de la recherche. « On vient chez moi parce que l'on sait que la sélection de départ est pointue. Et certainement originale. Avec le temps, j'ai ajouté les sciences humaines, les poches... un choix plus large. Il faut préciser que le livre courant se vend de moins en moins, tué par les grandes surfaces de seconde main », continue Philippe Simon, pas nostalgique pour autant. Diplômé de l'Insas, cinéaste indépendant et bouquiniste bourlingueur, il passe pas mal de temps à l'étranger et vit en partie dans les Cévennes. « J'ai ainsi perdu une partie de ma clientèle », précise-t-il, sourire aux lèvres. « Ce n'est pas grave... Quand je suis là, je bouge, j'achète des bibliothèques et je me replonge avec plaisir dans mon univers de papier... » **On aime : le personnage, peu commun. Et la gentillesse rencontrée sur place.**

Les Halles des Tanneurs

ANJOU
TOURS

Implantés au cœur des Marolles, les *Ateliers des Tanneurs* sont conçus comme un espace multifonctionnel installé dans les anciens *Palais du Vin* et ouvert à prix compétitifs à différentes entreprises de biens et services. Mené par le CPAS de la Ville de Bruxelles, le projet a pour but de réhabiliter un îlot compris entre les pavés du « Vieux Marché » et les Brigittines. Il y a près de deux ans, Thomas Grignard, jeune et excellent chef, s'installe dans ce qui était la *Halle aux fûts* des *Palais du Vin*. Potage, plat du jour, salad bar ou dessert sont servis à la *Cantine*, un lieu de restauration décontracté, prolongé par une terrasse intérieure.

Rue des Tanneurs, 60
1000 Bruxelles
Tél. 02 548 70 40
Fax 02 548 70 41
www.hallesdestanneurs.be
info@hallesdestanneurs.be
Ouvert du lundi au vendredi de 10 à 18h
et le dimanche de 11 à 17h.

LIBRAIRIE DES TANNEURS
http://librairie.hallesdestanneurs.be

LA LIBRAIRIE
http://restaurant.hallesdestanneurs.be
Restauration ouvert du lundi
au vendredi de 11h30 à 15h30.

LA CANTINE
http://cantine.hallesdestanneurs.be
Restauration ouvert du lundi
au vendredi de 10 à 18h,
brunch du dimanche de 11 à 16h.

MANDALA ORGANIC GROWERS
Tél. 02 548 70 20
Fax 02 548 70 19
www.mandalaorganicgrowers.com
mandala@skynet.be
Oubert le dimanche de 10 à 16h
Paniers bio : 10 € (2 personnes)
et 15 € (3 à 4 personnes).

À l'étage, une mezzanine intègre la carte inventive d'un restaurant de 22 couverts, le restaurant *La Librairie* et la *Librairie des Tanneurs*. Personnalisée par Gaëlle et Laetitia, l'ambiance de la librairie est feutrée et intime à souhait. Essentiellement centré sur des ouvrages de littératures française, néerlandaise et anglaise, le choix est celui des deux jeunes sœurs. « En référence au décor Art nouveau des lieux, il y a également beaucoup de livres d'art sur Bruxelles et la Belgique. Des ouvrages sur l'art de vivre et les loisirs, un clin d'œil à l'association gastronomie et littérature. Et des livres pour enfants. » Le brunch du dimanche – la réservation est conseillée – se fréquente après une flânerie aux puces, connectées à la rue des Tanneurs par la rue du Chevreuil. Buffet froid ou chaud, viennoiseries et crêpes, bacon et œufs, jus... le brunch est servi côté *Cantine*. Ensuite, on se pose où l'on veut, selon l'envie du moment. Depuis septembre 2007, un marché bio a pointé le bout de ses produits locaux tous les dimanches. « Nous avons commencé avec une ouverture mensuelle », explique Anne-Marie Guccione. « Nos clients en demandant plus, nous sommes maintenant ouverts chaque semaine. Si le temps le permet, nous installons nos tréteaux côté terrasse. En cas d'intempéries, la « halle vitrée » nous accueille. Fruits, légumes, charcuterie, fromages à pâtes dure, pain... nous réunissons des coopératives de produits locaux belges et italiens. Vendus au juste prix, ces produits ne sont pas plus chers qu'ailleurs. » **On aime : la multiplicité de l'offre et la terrasse.**

S-en-ciel

Sur la carte de visite de la maroquinerie, un logo très épuré, à l'image des créations de Martine Hupin et Ralph Baggaley : un triangle, un cercle et un carré, en référence aux trois formes primaires du Bauhaus. Et rappelant que la diversité des coloris est l'une des spécificités de la maison, trois couleurs finissent la signature. « Nous sommes très exigeants quant à la qualité des peaux : du cuir pleine fleur, de veau ou de vachette, foulonné pour obtenir le plus souple des grainages et le plus fin des touchers. » Il a fallu de nombreuses années

Entrée Libre

Rue Haute, 158
1000 Bruxelles
Tél. 02 511 77 46
www.s-en-ciel.be
s-en-ciel@skynet.be
Ouvert du mardi
au vendredi de 13 à 18h,
le samedi de 10h30 à 18h
et le dimanche de 10h30 à 15h.

L'ATELIER DE MAROQUINERIE
Chaussée de Hal, 153
1640 Rhode-Saint-Genèse
Tél. 02 361 87 25
Ouvert le mercredi, le vendredi
et le samedi de 14 à 18h,
visite sur rendez-vous
au 0475 27 43 69.

pour découvrir le fournisseur idéal », explique Martine Hupin, les yeux pétillants. Le nôtre est en Allemagne et présente un irréprochable choix de peaux. Elles sont coupées, travaillées et finies manuellement dans les ateliers de Rhode-Saint-Genèse.

Installé depuis 1985 dans une maison de la rue Haute, au coin de la rue de l'Epée et du spectaculaire ascenseur tout en métal et verre qui réunit la place Poelaerts aux Marolles, *S-en-ciel* se loge avec grâce dans une ancienne bou-

tique de modiste à la facture Art déco et aux entrelacs de bois. Dans la double vitrine, la petite maroquinerie (portefeuilles, ceintures, porte-clés...) prend place aux côtés d'une sélection de sacs de toutes les tailles. Gainé de cuir, un petit meuble indique que la maison habille différentes sortes de pièces, du portemanteau au coussin, de la chaise à la carte de restaurant... Sur la porte, une pancarte « entrée libre » invite à visiter l'intérieur, toujours décoré de son mobilier d'époque. **On aime : la qualité et la finition des articles.**

Flamant Concept Store Brussels

Place du Grand Sablon, 36
1000 Bruxelles
Tél. 02 514 47 17
www.flamant.com
Ouvert le dimanche de 10 à 18h,
du lundi au jeudi de 10 à 18h,
vendredi de 10h30 à 19h.

THE KITCHEN
Tél. 02 514 47 17
Ouvert le dimanche de 10 à 17h30
Du lundi au vendredi de 11h30 à 18h,
le samedi de 10 à 18h30.

L'ATELIER EN HERBE
Tél. 02 514 47 87
www.latelierenherbe.com
Ouvert tous les jours de 10 à 19h.

Place du Grand Sablon, les frères Flamant ont trouvé une bâtisse à la mesure de leur succès. Le style – car c'en est devenu un – Flamant s'épanouit sur près de 1 000 m² dans un vaste espace aménagé à la manière d'une opulente villa du Brabant wallon. Atmosphère haut de gamme, luxe feutré, si l'on a de prime abord l'impression d'entrer dans les pages d'un magazine de décoration, on se sent cependant rapidement comme chez soi dans ces pièces savamment meublées. Du salon à la chambre, en passant par la salle de bains

et la cuisine hyper-équipée, on découvre des meubles et des objets mis en scène dans des ambiances léchées. Belle source d'inspiration, le magasin est très fréquenté le week-end mais l'espace, distribué autour d'un patio éclairé par une verrière, est aéré. Lignes pures, bois massif brut, ciré, cérusé ou patiné, cuir lustré, tissus aux tons subtils, les frères Flamant rééditent un mobilier ancien en l'adaptant au goût du jour. Difficile de ne pas succomber à la tentation : dans ce concept store, on trouve aussi bien les canapés vastes et profonds, caractéristiques de la marque que des photophores ou du linge de maison. Et comme chaque saison voit apparaître près de 500 nouveautés, on est assez tenté de faire de l'adresse un but de promenade dominicale régulier. À signaler, tout un coin réservé à la gamme de peinture murale (250 références) mais aussi un espace restauration, *The Kitchen*, dans le plus pur style Flamant : tons chauds et sourds, lumière douce, meubles patinés. On peut y petit-déjeuner, déjeuner, et même prendre un vrai *high tea* à l'anglaise avec *scones* et *finger sandwiches*, pour peu qu'on soit au moins deux et qu'on ait pris soin de réserver au plus tard le jour même avant midi. L'assiette est bon chic bon goût, la carte plutôt sage, avec, par exemple, une brochette de saint-jacques, poireaux et citronnelle, des carbonades à la Leffe brune ou un couscous marocain.

Débordant dans l'entrée du concept store, les fleurs de *L'Atelier* en herbe captent irrésistiblement le regard. Très sombre, le décor de la boutique (signé Flamant faut-il le préciser ?) met divinement en valeur les superbes compositions que ce fleuriste déjà « hype » propose, avec une prédilection pour les tons vifs. **On aime : y petit-déjeuner au champagne avant d'admirer l'harmonie de mises en scène des plus inspirantes.**

Modes

Rue Blaes, 164
1000 Bruxelles
Tél. 02 512 39 07
www.modes-antique-textiles.com
Ouvert le week-end de 10 à 15h30,
du mardi au vendredi de 10 à 14h30,
fermé le lundi.

L'étonnante atmosphère de cette boutique est à l'image de son carrelage : surannée et empreinte de nostalgie. Spécialistes des costumes et textiles anciens, Michel et Betty Dugardyn présentent une incroyable collection de pièces rassemblées au fil de patientes et permanentes recherches, en Belgique et à l'étranger. Elle s'étend sur trois siècles, du XVIIIe jusqu'aux années soixante et englobe vêtements, accessoires, linge de maison, passementerie, dentelles, boutons, chaussures, chapeaux. L'accueil est sans façon, le conseil avisé. Toutes les pièces sont nettes et en très bon état. Les prix vont de un à environ 1 500 € pour les éléments les plus rares, tel un gilet du XVIIe siècle ou une robe longue du XVIIIe. Pour les professionnels, costumiers et accessoiristes de cinéma ou d'opéra, décorateurs, stylistes ou passionnés de mode, l'adresse est précieuse, et ils la fréquentent régulièrement. Le grand public entré par hasard dans le magasin reste lui le plus souvent interdit devant les portants surchargés qui envahissent le sol et serpentent au plafond. On se croirait dans les coulisses d'un théâtre ou dans le grenier d'élégants ancêtres. Fouinez, fouillez, admirez la ribambelle de hauts-de-forme et les piles de melons, examinez les bijoux, appréciez la qualité des tissus au mètre : c'est à un voyage dans le temps que *Modes* vous invite. **On aime : le sentiment d'avoir déniché un vêtement ou un accessoire d'exception, une pièce de musée ou presque.**

Boutique Côte d'Or

Place du Petit Sablon, 1
1000 Bruxelles
Ouvert le dimanche de 10 à 18h30,
du lundi au samedi de 11 à 18h30.

Après *Wittamer*, *Godiva*, *Neuhaus* et *Pierre Marcolini*, *Côte d'Or* a lui aussi choisi le Sablon pour ouvrir sa toute première boutique. Voici donc l'une des marques préférées des Belges de retour à Bruxelles. Les moins de vingt ans n'ont pas connu l'époque où le quartier de la gare du Midi embaumait le chocolat : l'unité de production a déménagé à Halle en 1990 où elle fabrique tous les produits *Côte d'Or*, soit 38 500 tonnes par an. Vendue dans une soixantaine de pays, la marque fête ses 125 ans en 2008. Saviez-vous que son nom, déposé en 1883, fait référence à la Côte-de-l'Or, l'actuel Ghana, d'où provenaient alors les fèves de cacao ? Quant à l'emblématique éléphant, c'est un timbre de ce même pays qui l'a inspiré, au début du XXe siècle. La boutique du Petit Sablon fait à son tour référence à l'Afrique, une Afrique colorée et chaleureuse. On s'attarde d'abord à l'entrée où un maître chocolatier prépare sous vos yeux des petits carrés aux saveurs originales (le carré lait pistache avec une pointe de fleur de sel est à se damner !), variant au fil des saisons et vendus en exclusivité ici. Un couloir aux murs... chocolat conduit vers l'arrière à un espace boutique où toutes les spécialités *Côte d'Or* sont, comme sur un marché africain, présentées dans de grandes vasques rondes. À vous de remplir un petit panier de vos friandises préférées: bâtons, bouchées, mignonnettes, pralines Oraïa, Nougatti, Chokotoff. **On aime : les prix « abordables », se laisser griser par les effluves chocolatés, le seuil à peine franchi.**

De la place Brugmann aux alentours de l'université, le haut de la ville, arboré et tout en contrastes, juxtapose les quartiers agréables à fréquenter. C'est Bruxelles « village », avec ses places paisibles et ses avenues élégantes, à une foulée du bois de la Cambre. On y flâne d'une boutique à l'autre avant de se poser à une terrasse, le nez au vent pour ne rien manquer de l'animation que créent, le dimanche comme en semaine, des enseignes chics et créatives et des commerçants accueillants.

DE

LE HAUT LA VILLE

flagey

flagey
anima
anima

8,00
13,50

CASALICCHIO

VACUUM
COOLED

Balmoral

Place Brugmann, 21
1050 Bruxelles
Tél. 02 347 08 82
Ouvert le week-end de 9 à 19h,
de mardi à jeudi de 9 à 20h,
vendredi de 9 à 22h,
fermé le lundi.

On vient au *Balmoral* autant pour sa cuisine que pour son décor. Entrer dans ce milk-bar aux couleurs de bonbons acidulés, c'est plonger dans un épisode de la série télévisée *Happy Days*. Toute la décoration fait référence à l'Amérique des sixties : banquettes en skaï rose ou turquoise, tabourets assortis, plaques publicitaires émaillées, immense portrait de Marilyn et pin-up en celluloïd. L'ensemble est chic, pas kitsch. L'adresse est d'autant plus fréquentée qu'on y sert (non-stop) une cuisine maison savoureuse et généreuse et que le service est perpétuellement souriant. Autre secret du succès jamais démenti du « Balmo », l'attention accordée aux enfants : ils y disposent d'un espace réservé, avec jouets, tableau noir, télé et Playstation.

Avec sa litanie de burgers et de spécialités tex-mex, la carte est très américaine mais elle aligne également un choix XXL de salades fraîches et copieuses, de pâtes et de croques. Les hamburgers, taille US, servis avec salades et wedges (frites américaines), le chili con carne ou les tacos au bœuf sont proposés à des prix démocratiques. Le *Balmoral* suggère aussi une demi-douzaine de plats pour les kids ainsi que deux panades, sucrée ou salée, pour les bébés, chaise et bavoir compris. Le chocolat (sous forme de mousse, de moelleux, de fondant...) et les crêpes se disputent la primauté sur la carte des desserts où figure néanmoins une très diététique salade de fruits frais. **On aime : tout !**

Candide

15 ans dans l'ombre de Karl Lagerfeld
HODLER
SALVADOR DALI
DEPARDON
mariage mania
50s FASHION
Historia
HISTOIRE
LES PROTESTANTS
couleurs
Land Art
le design
mode d'emploi
DESTINATION : ART
WEB DESIGN STUDIOS 2
inspiration papier
Haute couture pour bébé
La Broderie
DÉCO
le c@talogue de vos rêves

Place Brugmann, 1-2
1050 Bruxelles
Tél. 02 344 81 94
Ouvert 365 j/an, dimanche
et jours fériés de 8 à 18h,
en semaine de 8 à 19h.

C'est le lieu de rencontre de tous les habitants du quartier, on s'y échange les derniers potins, on philosophe sur l'actualité. Cette adresse, ouverte le dimanche depuis un quart de siècle, attire comme un aimant des littéraires désœuvrés et des médiaphages compulsifs venus des cinq coins de Bruxelles. Le maître des lieux, Axel Marcq, ne conçoit pas de fermer sa librairie ne serait-ce qu'un jour par an. Davantage que son sens du commerce, c'est son souci de laisser en permanence une porte « de secours » ouverte à ses clients qui le motive. Parmi ceux-ci, bon nombre d'Européens : c'est que l'assortiment de presse internationale est vaste. Côté livres, *Candide* est sans doute la librairie bruxelloise où l'on compte le plus d'ouvrages au mètre carré. Livres d'art pointus, littérature de qualité, autobiographies à succès, BD, livres pour enfants, guides de voyage... rien ne manque. Difficile de s'y retrouver, voire même de se mouvoir, dans cet espace encombré de présentoirs hétérogènes. Cela tient à la fois de l'épicerie de campagne et de la caverne d'Ali Baba. Les romans et les essais s'amoncellent sur les tables et le long des rayonnages, les magazines s'égarent dans les livres d'art et vice versa. Qui cherche trouve. Peut-être pas ce qu'on voulait à l'origine mais c'est ce qu'on aime chez *Candide*. Si vous êtes à la recherche d'une référence précise ou d'un conseil judicieux, adressez-vous à la patronne, Béatrice. Elle connaît ses rayons et assure un impeccable suivi des commandes. **On aime : l'ambiance « village », les conversations des commères du quartier, le choix éclectique.**

Graphie Sud

Rue Berkendael, 195
1050 Bruxelles
Tél. 02 344 31 92
Ouvert le dimanche de 11h30 à 15h30,
du mardi au samedi de 11 à 18h30.

L'adresse est connue des chineuses de petites choses originales et de cadeaux raffinés qui savent bien qu'elles se verront complimentées pour leur bon goût et leur perspicacité. En réalité, c'est *Graphie Sud* qu'il faut applaudir. Violaine Damien, sa propriétaire, choisit tout ce que recèle cette boutique, exquis mélange d'objets insolites, de vêtements et d'accessoires stylés et de déco créative. Sa mère et ses deux sœurs guident vos choix si vous hésitez. Et il y a de quoi ! Entre les cartes postales second degré, les paillassons en forme de plaques d'égout new-yorkaises, les bijoux, les lanternes en papier et mille autres choses plaisantes, on resterait des heures à tout regarder. Beaucoup de jolies marques, comme Isabel Marant, Claudie Pierlot, Jamin Puech, Miller et Bertaux, Orla Kiely, Esteban... Des Belges aussi : American Outfitters ou Turnover. Des plus pointues enfin : Chie Mihara, Vox Populi, Maria La Rosa... Tout ce qui sera bientôt tendance est déjà chez *Graphie Sud*, ainsi ces têtes de taureau en osier ou ces paréos en gros coton aux couleurs de drapeaux nationaux. Pas étonnant que le *Tout-Bruxelles* s'y presse le dimanche après-midi, ne serait-ce que pour découvrir les vitrines et les mises en scène, aussi inspirées qu'inspirantes. **On aime : la certitude d'y trouver le cadeau idéal.**

Physical Golden Club

Place du Châtelain, 33
1050 Bruxelles
Tél. 02 538 19 06
www.goldenclub.be
Ouvert le week-end de 10 à 18h,
le lundi, mercredi et vendredi de 12 à 22h,
le mardi et jeudi de 7 à 22h.

C'est Jean-Claude Vandamme qui a assuré à ce club de fitness situé sur la jolie place du Châtelain une renommée durable. Même s'il y a des années qu'on ne l'y a plus vu, le *Physical Golden Club* est toujours très fier d'avoir été le club de la plus « aware » des célébrités belges. Sur 1000 m² s'alignent des armées de machines, des salles de cours, des saunas, hammams, bancs solaires, un espace de relaxation. Muscu, cardio, tapis, poids libres, spinning... les amateurs y trouveront forcément leur bonheur. Le public est mélangé, l'ambiance bon enfant. La salle est en permanence surveillée par un kiné, qui rectifiera vos attitudes si nécessaire. Lors de l'inscription, on établit avec vous un programme de travail sur mesure qui tient compte de vos objectifs comme de vos particularités physiques. Pas abonné ? Moyennant 15 € vous aurez accès à tout le complexe pendant une journée. Dans la liste des cours collectifs, relevons, à côté des classiques step-aérobic et abdos-fessiers, du jiu-jitsu brésilien et du Krav-Maga. Cette discipline, basée sur la self-defense et le combat au corps à corps (Krav-Maga signifie « combat rapproché » en hébreu), permet de neutraliser un agresseur. Tout aussi utile mais plus pacifique, le cours de stretching. On s'y étire sous l'œil vigilant du chorégraphe David Sonnenbluck, ancien danseur de la troupe de Béjart. À noter aussi, une unité de massage et de soins, y compris d'endermologie, dirigée par des kinésithérapeutes. **On aime : l'attention bienveillante de Justine et des autres kinés.**

Atelier B

Rue Berkendael, 197
1050 Ixelles
Tél. 02 344 95 64
Ouvert le dimanche de 12 à 17h,
en semaine, de 11 à 18h
et sur rendez-vous.

Viviane Behar crée depuis plus de 15 ans des bijoux intemporels et épurés, « des bijoux que l'on porte et dont on profite », dit-elle, « pas des choses excessivement élaborées qui sont trop tape-à-l'œil ». Installée au rez-de-chaussée d'une belle maison de maître, sa boutique a des allures de cabinet particulier avec ses vitrines de bois foncé et ses fauteuils au look Louis XVI. On s'y sent bien. Les présentoirs ne montrent qu'une partie des créations de Viviane Behar. Ses armoires en recèlent beaucoup d'autres, qu'elle vous fera volontiers admirer. Cette jeune femme discrète trouve son inspiration dans les civilisations celte, étrusque ou byzantine comme dans ses voyages à Rome, une ville qu'elle affectionne particulièrement. Elle dessine et réalise dans son atelier des pièces uniques ou en série très limitée, dont les prix varient de 25 à quelques milliers d'euros. Elle réactualise également des montures avec les pierres qu'on lui apporte. Elle aime l'or jaune, l'argent, les pierres de couleur, les longues boucles d'oreille, comme ces dormeuses en or blanc et améthystes en gouttes facettées. Vous trouverez ici une foule de modèles qui ressemblent à des bijoux anciens, avec des pierres de couleur, sur des montures fines, à mille lieues du clinquant et du « bling bling ». Une sobriété qui n'exclut pas l'originalité : Viviane Behar privilégie les nouvelles tailles de pierres, telle cette aigue-marine en cabochon, et elle réalise aussi des sautoirs joliment colorés. **On aime : la qualité de l'accueil, le style des bijoux.**

Serendip Spa

Place Stéphanie, 18
1050 Bruxelles
Tél. 02 503 55 04
www.serendipspa.com
Ouvert le dimanche de 10 à 18h,
du lundi au samedi de 10 à 20h.

C'est une oasis dans la ville, un lieu de calme et de volupté où se poser l'espace d'une délicieuse parenthèse. À l'origine de ce centre de bien-être haut de gamme unique en son genre, une dame elle aussi plutôt exceptionnelle. Née d'un père sri-lankais et d'une mère anglaise professeur de yoga, Claudia Chantal Zackariya a vécu à Londres, à Bruxelles, aux Pays-Bas, aux États-Unis, à Singapour et au Sri Lanka. À son ascendance orientale, elle doit une profonde envie de rendre service qui l'a incitée, après une carrière d'executive

woman trépidante, puis la création d'une fondation caritative au Sri Lanka, à concevoir le *Serendip Spa*. Son objectif : proposer à chacun les outils appropriés pour se libérer du stress quotidien. Sa philosophie : une parfaite qualité de service et une implication totale du personnel. L'éventail des traitements et méthodes proposés, comme l'équipe cosmopolite, marient l'Orient et l'Occident. Ayurvedic Harmony, Aborigine Kodo Serenity, Balinese Revitalisation... la carte des massages fait rêver. Le *Serendip Spa* offre aussi

des soins visage, des rituels d'une durée de 1h30 à 4h, des traitements antistress express, des sessions de yoga et de méditation... Tout ici a été soigneusement étudié : de l'accueil avec une tasse de thé à la musique et aux parfums subtils qui vous enveloppent dès l'entrée. Éclairage à la bougie, chaleur douce, paréo en soie, on s'envole rapidement hors du temps, loin du monde extérieur. **On aime: la variété et l'originalité des traitements, l'atmosphère remarquablement déstressante.**

Brussels Bowling 6 Lanes

Avenue des Saisons, 92c
1050 Bruxelles
Tél. & fax 02 640 22 13
Ouvert du lundi au mercredi
de 10 à 03h, du jeudi
au vendredi de 10 à 05h
et le dimanche de 11 à 03h.

« Le bowling », précise Serge Danpass, gérant du *Brussels Six Lanes*, est installé dans le quartier du cimetière d'Ixelles depuis 1996. Avant se dégradait ici un drive-in totalement abandonné. Une société d'investissements s'est intéressée à l'espace et a décidé de l'implantation d'un bowling automatique à six pistes. » Totalement vitrée, la façade ne dérobe rien au regard et les plus curieux des passants s'arrêtent de temps à autre pour jeter un coup d'œil à l'intérieur. Le soir, la lumière éclaire cette partie de la rue des Saisons, un peu plus calme que le haut, fort proche du rond-point animé du cimetière d'Ixelles. Les lieux sont suffisamment spacieux pour que les joueurs évoluent sans contrainte et assez petits pour créer une ambiance un tantinet « british ». « Les concepteurs ont voulu accentuer le côté « taverne » en installant un long bar et quelques tables, entre les fenêtres et les pistes. Petit à petit, outre les joueurs, nous avons ainsi développé une clientèle qui s'installe et consomme l'une ou l'autre boisson en regardant les parties. Comme nos heures d'ouverture sont assez matinales, il n'est pas rare de commencer la journée avec des groupes d'écoliers et des gosses fêtant un anniversaire, nous proposons d'ailleurs des forfaits de ce type. Avantage certain, le *Brussels Six Lanes* n'étant pas lié à un club de bowling, nos clients sont certains de ne pas devoir céder le passage devant des membres prioritaires. » Les chaussures se louent à 1,50 € et la partie revient à 4,50 € par personne. En piste ! **On aime : le jeu. Et on apprécie le mélange pub, taverne et bowling.**

Patinoire du bois de la Cambre

Chemin du Gymnase, 1
1000 Bruxelles
Tél. 02 649 70 02
patinoire@ganzaroller.org
Ouvert tous les jours du 21 mars
à la fin septembre/début octobre
de 11 à 20h, selon la météo.

BUVETTE
De 11 à 20h, suivant la météo.

RESTAURANT
Ouvert du lundi au vendredi
de 12 à 14h30,
le week-end de 12 à 15h.

Vittel
140

Pris sur le vaste territoire de la forêt de Soignes vers la fin du XIXe siècle, plusieurs dizaines d'hectares ont été aménagés à l'anglaise. Aujourd'hui, si le bois de la Cambre est livré aux voitures, il n'en reste pas moins un poumon vert apprécié des riverains. En partie fermé à la circulation le week-end, il fait toujours la joie des promeneurs, joggeurs, vélos, patineurs et rollers. En fait, le patin à roulettes se pratique depuis 1948 au bois de la Cambre et bon nombre d'enfants ont usé leurs pantalons comme la patience de leurs parents sur la piste

à ciel ouvert de la patinoire du bois de la Cambre. Aujourd'hui, elle accepte les patins comme les rollers. Qu'ils soient enfants ou adultes, on conseille vivement aux débutants de louer les protections pour poignets, genoux et coudes qui évitent pas mal de bobos. Des leçons privées ou collectives sont données par les moniteurs de *GanzaRollerSchool* (www.ganzaroller.org). **On aime : le parfum d'enfance respiré aux abords de la buvette.**

Les Précieuses II

Place Brugmann, 20
1050 Bruxelles
Tél. 02 343 10 85
Ouvert le dimanche de 12 à 16h,
du mardi au samedi de 11 à 18h30.

Les bijoux de Pili Collado séduisent depuis plus de dix ans les élégantes à la recherche de « quelque chose de différent ». Le succès fulgurant de sa première boutique, dans le quartier de la mode – rue Dansaert – a entraîné en 2004 l'ouverture des Précieuses II, dans cet autre repaire de créateurs qu'est la zone Brugmann-Châtelain. Désormais vendues en France, à Londres, à New York ou au Japon, les deux collections annuelles des Précieuses sont entièrement fabriquées de manière artisanale, à la main et en série limitée. Garantis à vie, colliers et bracelets comportent toujours du ruban, la marque de fabrique de Pili Collado, une manière pour elle de s'éloigner du clinquant ou du guindé. Pas de thème prédéfini pour orienter ses compositions : la créatrice suit ses envies, en commençant systématiquement par la palette de couleurs et en mélangeant plusieurs matériaux. Rubans, maillons de chaînes vintage en laiton, boutons en nacre et grosses perles en résine teintées donnent à ses bijoux un cachet très particulier. Comptez près de 200 € pour un sautoir scandé de boules de résine, 80 € pour les créations les plus simples. Dans un décor raffiné évoquant une mercerie à l'ancienne, la boutique d'Ixelles fait la part belle à des griffes d'accessoires hyperchics : la gamme cuir d'Anya Hindmarch, les chapeaux Mühlbauer, les écharpes en maille Antipast et, étourdissants de raffinement, les gants Causse dont certains modèles sont fabriqués en exclusivité pour les *Précieuses*. À retenir encore toute la ligne Diptyque : bougies odorantes, eaux de toilette et parfums pour la maison. **On aime : le caractère des bijoux, audacieux sans excès.**

Gaudron

Place Brugmann, 3
1050 Bruxelles
Tél. 02 343 97 90
www.gaudron.be
Ouvert tous les jours de 7 à 20h.

C'est une institution. Une enseigne mythique. Une vieille dame qui vient de prendre un fameux coup de jeune. La boulangerie-pâtisserie tea-room *Gaudron* attirait depuis des lustres les gourmands du haut de la ville. Devenue maison de bouche top niveau, elle éblouit aujourd'hui les gourmets branchés. Voilà une adresse où l'on peut petit-déjeuner, luncher, goûter, et bien plus si affinités. À la fois boulanger, pâtissier, légumier, fruitier, épicier, cuisinier, sommelier, traiteur, *Gaudron* propose une kyrielle de produits de qualité. Derrière la vitrine anodine s'étend un concept store tout en longueur où l'on plonge d'abord, à gauche sur l'épicerie fine, à droite sur le comptoir des spécialités à emporter, sucrées comme salées, avec notamment des sandwiches maison et des charcuteries. Côté petits gâteaux et viennoiseries, l'assortiment n'est pas immense : c'est la qualité qui prime. Choisissez les yeux fermés, tout est exquis. Au fond du couloir l'espace restaurant s'ouvre sur les cuisines. À midi (de 11 h 30 à 15 h 30), *Gaudron* offre un service rapide et des plats classiques : tranche de saumon en papillote, osso bucco, risotto et cremolata, par exemple. Au moindre rayon de soleil, des tables et des chaises bleues et blanches colonisent le trottoir. Plein sud, l'endroit est prisé des citadines qui entretiennent leur bronzage comme des managers qui y fixent leurs rendez-vous d'affaires. **On aime : la célébrissime croûte aux framboises, l'accueil avenant.**

Lucky Club

Avenue des Saisons, 92a
1050 Bruxelles
Tél. 02 646 69 82
Ouvert du dimanche au
mercredi de 11 à 03h,
du jeudi au samedi de 11 à 05h.

Contrairement à ce que le nom peut laisser supposer, les lieux sont accessibles à tous, n'appartenant à aucun club ou fédération. Côté rue, la façade est étroite et un rapide regard permet de saisir quelques tables et une silhouette ressemblant furieusement à la statue de la Liberté. Ce décor se confirme une fois à l'intérieur du *Lucky Club*, un billard américain ouvert en 1994. Derrière le bar, tout est miroir. En face, les murs sont chargés de plaques d'immatriculation US et de vieilles photos de stars américaines. Des cadres publicitaires renvoient à Corona, J&B et autres marques de cet acabit. Ailleurs, des casques de football américain et des équipements de hockey couvrent des pans de murs entiers. Décapé jusqu'à devenir gris, le plancher surélevé offre une vue plongeante sur la seconde partie du *Lucky Club* : neuf tables de billard américain tendues de rouge. « Nous avions tout d'abord choisi le bleu, mais cette couleur s'est avérée trop froide », explique Serge Danpass. Les murs du fond sont ornés de peintures sur l'Ouest américain. Le *Lucky Club* suit tous les grands événements sportifs sur un grand écran déroulé entre le bar et la salle de billard. À propos, saviez-vous que l'on dit « bille » de billard et non « boule » ? Plus important encore, soyons chauvins, la Belgique est le premier producteur mondial de billes de billard, avec un secret de fabrication jalousement gardé ! **On aime : le coin, sympa pour boire un verre et se faire une petite partie sans prétention.**

C.ramic Art Café

Stroke & Coat

Pour Joëlle Roland, tout commence à Vienne. En 2000, elle rend visite à une de ses amies et, le hasard faisant bien les choses, découvre un atelier de peinture sur porcelaine. « Le concept est anglo-saxon. Des États-Unis à l'Angleterre, ce type d'atelier s'est également développé en Autriche et en Allemagne. À Vienne donc, elle réalise sa première œuvre, un plat à gâteau : « J'y tiens comme à la prunelle de mes yeux. Et comme ce que l'on aime ne doit pas être présenté derrière une vitrine, je l'utilise tous les jours où presque pour servir mon gâteau au chocolat. » De retour à Bruxelles, la pétillante jeune

Rue Lesbroussard, 112
1050 Bruxelles
Tél. 02 648 48 72
0478 43 51 41
www.cramic.be
atelier@cramic.be
Ouvert du mercredi au vendredi
de 14 à 19h, le jeudi de 14 à 23h,
le samedi et le dimanche
de 10 à 18h.

femme continue à travailler dans son snack-restaurant tout en peaufinant son idée : ouvrir un atelier à Bruxelles. Ce sera chose faite le 19 janvier 2002. « J'ai choisi un nom qui fasse belge », poursuit-t-elle en souriant. Du bouche-à-oreille à quelques articles et un passage en radio, il faudra un peu plus d'un an pour que l'affaire décolle. Aujourd'hui, elle tourne à merveille et si l'on peut pousser la porte au hasard de son envie, le dimanche, il vaut mieux réserver. Il faut dire que Joëlle a développé toute une série de thématiques qui suit le calendrier : stages pour enfants en périodes de vacances scolaires (8h30-18h30) ; enterrement de vie de jeune fille avec, au bout de la soirée, la création d'un service personnalisé ; anniversaires-surprises... Que l'on vienne seul ou en groupe, le principe est le même : choix de la pièce (bougeoir, plat, tasse, théière, saladier, les prix moyens varient de 15 € à 30 €), recherche de l'inspiration en consultant la documentation posée sur le piano et sélection des couleurs, mélangées et prêtes à l'emploi. Pour que l'on puisse se rendre compte du résultat final, un carré de faïence cuite est posé devant chaque nuance. Une semaine après la création, on revient chercher sa pièce, émaillée, cuite et prête à l'emploi. » Précision ultime, comme la plupart des « artistes » viennent vers 11h, il est possible de manger sur place. « Je propose les pâtes fraîches d'un très bon traiteur, des salades, des scampi, des jus, différents thés... » **On aime : retrouver le bonheur de la création, coaché par une jeune femme éminemment sympathique.**

AUTOUR ET AL

Hors de son centre, Bruxelles n'est pas nécessairement endormie le dimanche. Que ce soit vers le bois de la Cambre ou du côté de la place Jourdan, vers Uccle ou non loin du parc Malou, à Woluwe-Saint-Lambert, nombreux sont les axes verts et les places animées qui attirent tout autant les habitués que les visiteurs de passage.

ENTOURS

Cook&Book

Place du Temps libre, 1
1200 Bruxelles
Tél. 02 761 26 00
www.cookandbokk.be
info@cookandbook.be
Ouvert du lundi au mercredi de 8 à 20h et de 8 à 22h en fonction des ouvertures de Wolubilis, du jeudi au samedi de 8 à 24h, le dimanche de 8 à 20h.

BERNARD
WERBER

English Books
PANE

MARY JANE
CLARK
CACHE-TOI
SI TU PEUX

NEW
ORLEANS
1960
JAZZ

Dressées en demi-lune autour de la place du Temps Libre, le centre culturel de Woluwe-Saint-Lambert, neuf librairies forment le désormais célèbre *Cook&Book*. Imaginé par Deborah Drion et Cédric Legein – elle est mannequin et avocate spécialisée en droit des affaires, lui est à l'origine de *CityNight* et du développement des enseignes du *Pain Quotidien* –, le concept évolue. De mars 2006 à avril 2007, les ouvertures se suivent sans se ressembler avec, au bout du pari, la création d'un immense espace de convivialité mêlant les

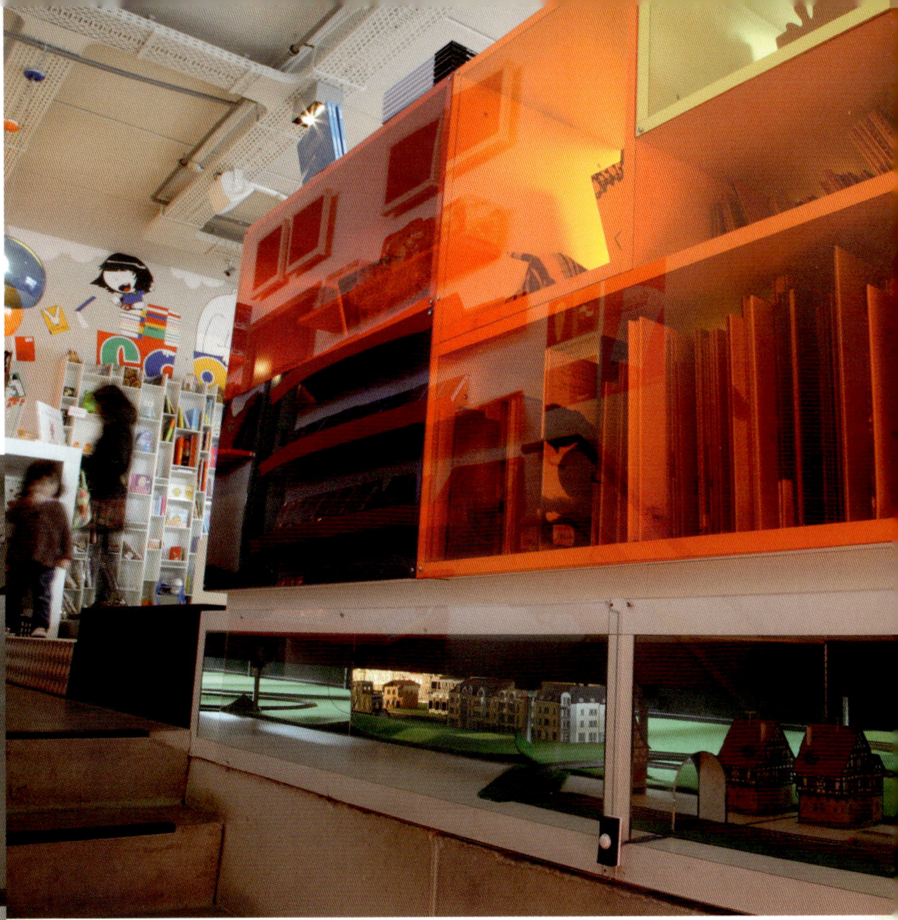

choses écrites et gourmandes. BD, art contemporain, jeunesse, art de vivre, littérature, presse, cuisine, littérature anglo-saxonne... un rendez-vous à *Cook&Book* est toujours agréable et souvent tentateur, l'envie étant suscitée tant par les livres que par les objets originaux disséminés au hasard de la créativité des libraires. Peu avare de notes humoristiques, la décoration s'associe à la thématique. Au centre du coin « voyage » trône une splendide caravane américaine, une *Airstream* découverte à Hambourg et restaurée en Belgique par Karl van Beek, créateur des rayonnages de la librairie BD. À l'autre bout de l'hémicycle, la librairie anglaise joue avec des clichés teintés d'une dérision toute britannique. Du plafond de la librairie littéraire descendent de longues tiges en métal. Chacune se termine par un livre, présenté embroché. Une allusion à la carte ? Peut-être. Ce qui permet de préciser qu'ici, à midi, elle est végétarienne et à base de pâtes. Le soir par contre, la carte devient celle des entrecôtes, des toasts et des salades servies côté BD et art contemporain. Parmi les projets qui trottent dans la tête du jeune couple, on retient l'installation d'un méga-château gonflable et, toujours en extérieur, d'une brocante de livres installée tout autour de la place du Temps Libre, tellement appréciée dès les beaux jours. **On aime : tout ! Et ce n'est pas peu dire...**

Ice skating au Poséidon

Avenue des Vaillants, 4
1200 Bruxelles
Tél. 02 762 16 33 / Fax 02 770 37 99
www.patinoireposeidon.be
Ouverture saisonnière, du 15 septembre au 15 avril, le lundi de 12 à 20h, le mardi de 12 à 22h, le mercredi et le samedi de 10 à 22h, le jeudi de 10 à 21h, le vendredi de 10 à 22h, le dimanche de 10 à 18h30, pendant les congés scolaires ouvert dès 10h.
Accès : métro ligne 1B
direction Stockel, arrêt Tomberg.

Chausser des patins, les affûter et les entretenir a toujours du sens à Bruxelles en général et à Woluwe-Saint-Lambert en particulier. Tout commence en 1966. Léon van Audenhaege, ancien échevin des sports et premier directeur du complexe sportif Poséidon, propose à l'administration communale de transformer une surface située en contrebas de la piscine. Initialement prévu pour l'installation d'un terrain de basket et de volley, le terrain est attribué au projet et la patinoire voit le jour. Plus de quarante ans après, elle peut se vanter d'avoir vu défiler des générations d'enfants, d'ados et d'adultes, tous attirés par la joie de ce type de glisse. Des monitrices s'occupent des débutants, petits et grands. Sur le bord de la patinoire, nombre de mamans surveillent, l'œil extasié, les petits bouts qui arpentent vaillamment la surface lisse. Ailleurs, une jeune fille travaille sa pirouette tandis que deux ados tentent par tous les moyens d'attirer son attention. « La patinoire du Poséidon ne travaille pas avec les clubs de hockeys et ne pratique pas le patinage artistique. Nous avons donc beaucoup d'écoles, principalement en périodes de vacances. L'affluence est régulière et nous enregistrons de 120 000 à 130 000 personnes par saison, de septembre à avril », conclut le fils du « créateur » de la patinoire du Poséidon. **On aime : une affaire de famille devenue une institution.**

Cave au Divin

Chaussée de Wavre, 404
1040 Bruxelles
Tél. 02 732 02 32
www.audivin.be
audivin@skynet.be
Ouvert du mardi au samedi
de 10h30 à 18h30,
le dimanche de 10 à 13h.

Voilà près de deux ans que Didier Hamm s'est installé à quelques minutes de la place Jourdan. « Avant de choisir le quartier, j'ai tenu pendant douze ans une boutique similaire à Schaarbeek. » Caviste dans l'âme, Didier Hamm se promène volontiers en France, son pays d'origine. « J'ai beaucoup de famille là-bas, ce qui me permet de voyager d'un terroir à l'autre. Étant proche des producteurs, je m'oriente plus vers des crus de découverte que vers des étiquettes. Face au client, je commence par écouter la demande, sensiblement la même : un budget déterminé de même qu'un intéressant rapport entre la qualité et le prix. De là, j'évolue vers les goûts et les souhaits. Au fil du temps, le client gagne ses repères et son palais s'affine. Lors d'occasions spéciales, il n'hésite pas à se diriger, pour un prix légèrement supérieur, vers un bouquet plus raffiné. Et les Belges sont très réceptifs à cette éducation au vin. » Blancs, rouges, rosés, champagnes, le choix de la *Cave au Divin* s'accompagne d'une belle sélection de matériel vinicole : touries, cuves en inox, pipettes, bouchons, étiqueteuses, rangements... et les conseils œnologiques, offerts avec gentillesse. En rayons également, une intéressante gamme d'huiles végétales. Enfin, comme on l'aurait supposé, on trouve aisément « le » cadeau qui convient au connaisseur, de la carafe à décanter au thermomètre de cave. **On aime : les vins, décrits avec compétence et, note plus légère, la diversité des flaconnages en verre blanc.**

Filigranes

Visitez notre site
et abonnez-vous
notre newsletter !!!
HORS FORMAT
Sade
10
18

Le dimanche, dans ce quartier déserté par les employés des sociétés et ambassades voisines, tous les passants que l'on croise vont dans la même direction. Celle d'une librairie qui ressemble plus à une cathédrale qu'à un magasin de livres. Et Dieu sait si elle a ses fidèles. Tout Bruxellois un tantinet lettré a, un dimanche pluvieux et morne, béni Marc Filipson d'avoir imaginé un

lieu aussi convivial et riche en découvertes, ouvert 365 jours par an qui plus est. Installé avenue des Arts depuis 2000, *Filigranes* est organisé en une dizaine de départements (presse, littérature, vie pratique, sciences humaines, beaux-arts, jeunesse, jouets, bande dessinée, etc.). L'endroit est lumineux, les rayonnages aérés, le personnel érudit et attentionné. La librairie réserve plusieurs présentoirs à des thèmes spéciaux : « Contestations » ou « Sciences molles »... On y trouve aussi une carterie, des CD's, des DVD's et un rayon de livres en anglais. 1700 m², 100 000 références, des canapés, un « kidsplayground », un piano,

Avenues des Arts, 39-40
1040 Bruxelles
Tél. 02 511 90 15
Fax 02 502 24 68
www.filigranes.be
info@filigranes.be
Ouvert du lundi au vendredi
de 8 à 20h, le samedi de 10 à 19h30,
le dimanche et les jours
fériés de 10 à 19h.

un coin restauration, une « cave » à vins... Ici, on flâne, on feuillette, on lit, on mange, on boit. Et à 10h30, le dimanche, on accompagne les enfants au petit théâtre pour y écouter une conteuse. *Filigranes* propose aussi régulièrement des rencontres avec des écrivains et des auteurs de BD, des concerts, des expositions de photos, des animations sur le thème du thé ou du vin. **On aime : le confort des lieux, la quantité de livres, la mise en évidence d'ouvrages (im)pertinents.**

New Rock

Chaussée de Watermael, 136
1160 Bruxelles
Tél. 02 675 17 60
Fax 02 672 52 84
www.newtoprock.com
new.rock@skynet.be
Ouvert du dimanche au vendredi
de 12 à 24h, le samedi de 12 à 20h
Écoles, groupes, cours de 9 à 21h,
sur réservations.

Sous le viaduc d'Auderghem, un feu rouge canalise le flot des voitures sortant de Bruxelles. Avant de tourner à gauche, on capte une silhouette sur l'un des murs extérieurs d'une ancienne ferme. La statue – car c'en est une – est accrochée là depuis bien longtemps et joue le rôle d'une carte de visite en trois dimensions : « En 1988, avec mon mari, grimpeur passionné, j'ai ouvert la deuxième salle d'escalade de Bruxelles », explique Annick Rouserez. Aujourd'hui, elles sont nettement plus nombreuses, l'escalade « indoor » étant

devenue un sport à part entière, très accessible et peu onéreux. » Conséquence, en vingt ans, le couple développe son concept jusqu'à gérer trois salles aux spécificités diverses sur une surface de 500 m². Selon son degré de force, le grimpeur évolue dans l'un ou l'autre espace. La première unité, plus petite et de hauteur moyenne est équipée depuis 2006 de blocs en polyester et d'une arche. Dans la seconde, il est possible de travailler seul sur des voies montant jusqu'à 7,30 m. D'une plus grande technicité, la troisième possède une tour de 18 m. On n'y travaille qu'encadré par un moniteur et totalement équipé. « Avec le « gri-gri » ou le « huit », des appareils qui permettent d'assurer le parcours, le baudrier se loue sur place. Nous conseillons des chaussures très souples. Pour le reste, cordes et prises sont sur place. « Vérifiées par les moniteurs, elles sont régulièrement changées. Le renouvellement des voies, tant au niveau du parcours que de la difficulté, est ainsi assuré tous les quatre mois. » L'escalade en salle se pratique dès l'âge de 6 à 7 ans, en stages et en cours. « Il n'y a d'autres limites d'âge que celles qui sont induites par le corps », ajoute Annick. **On aime : la possibilité de se prendre, l'espace d'une voie, pour Catherine Destivelle ou Muriel Sarkany.**

Slumberland / Tome 4

Chaussée de Waterloo, 752
1180 Bruxelles
Tél. 02 648 04 40
www.slumberlandbd.com
Ouvert du lundi au samedi de 10 à 19h,
le dimanche de 10h30 à 18h30.

Proche de la Bascule et pratiquement en bordure du bois de la Cambre, le Tome 4 des vitrines *Slumberland* n'est autre que l'ancien *Schlirf Book*, une librairie de bandes dessinées lancée il y a près de vingt ans par Yves Schlirf. Six ans après la vente, les lieux conservent une place à part dans leur secteur. « Notre force est dans le conseil », précise Augusto Scipioni. Livres jeunesse, comics, underground, petits tirages, un peu de littérature fantastique, quelques polars dont *Millenium*, l'incontournable trilogie de Stieg Larsson, une toute petite galerie, quelques objets,... nous sommes diversifiés. Et en même temps, spécialisés dans la bande dessinée franco-belge et les mangas. Nous partageons nos coups de cœur en plaçant des petits textes accrocheurs. Et ce que nous aimons par-dessus tout, c'est de retrouver le client quelque temps après, ravi de son achat, dialoguant avec nous et poursuivant ses découvertes. L'équipe est également à l'affût des titres à ne pas manquer, que ce soit pour leur graphisme, leur scénario, leur originalité... « Ainsi, cette année, l'une de nos fiertés est d'avoir épinglé trois des albums primés au festival de la Bande dessinée d'Angoulême ». Autre avantage de Tome 4, ses heures d'ouverture. Excepté les 25 décembre et le 1er janvier, les lieux sont ouverts 7 jours sur 7. « Nous programmons des séances de dédicaces tout au long de l'année. Le calendrier des rencontres avec les auteurs figure sur notre site et dans un magazine trimestriel. » **On aime : pousser la porte en espérant dénicher la BD qui tue !**

Nemo 33

Rue de Stalle, 333
1180 Bruxelles
Tél. 02 332 33 34
Fax 02 333 38 39
www.nemo33.com
dive@nemo33.com
En semaine ouvert de 12h30 à 13h30
et 18 à 21h, nocturnes les jeudis
et les vendredis de 22 à 23h,
le week-end de 12 à 20h.
Inscriptions de 1h à 1/2h
avant la mise à l'eau.
Restaurant : cuisine ouverte
du lundi au vendredi de 12 à 14h30
et de 19 à 22h30 et les week-ends
et jours fériés de 12 à 22h30.

La piscine de plongée la plus profonde au monde se niche, passé le Globe, au rond-point des Menhirs. Ouvert au sportif, à l'amateur et aux membres issus des fédérations belges(*) ou mondiales de plongée(*), *Nemo 33* est né d'une passion alliée à une compétence d'ingénieur civil, une inventivité et une réflexion pertinentes. « En Belgique », explique John Beernaerts, « vu le climat, le plongeur n'a guère le choix, il s'entraîne en piscine. Passage de détendeur, vidage de masque, stabilisation,... les exercices requièrent une certaine immobilité qui engendre vite le froid, l'eau des piscines ne dépassant pas 27°C. Toujours en

piscine, les clubs de plongée passent après le scolaire, les loisirs individuels, les cours d'aquagym.... Enfin, la profondeur n'est pas adaptée aux entraînements qui se font dès lors en carrière avec, fidèles aux rendez-vous, froid et manque de visibilité... Pour moi, la plongée est un sport merveilleux demandant des conditions optimales d'apprentissage. » De réflexions en discussions, un projet voit le jour et aboutit, le 1er mai 2004, à l'ouverture de *Nemo 33*, une entreprise basée sur des fonds privés. Quatre ans après, le concept est envié aux quatre coins du monde et les grandes villes ne cessent de demander à John

Beernaerts d'implanter de nouveaux « Nemo ». En grande partie enfouie dans le sol, la piscine se subdivise en différents paliers qui seront apprivoisés par le plongeur débutant tout au long de son instruction Padi[**]. Le fond est à 33 mètres et l'eau maintenue à une température constante de 33°C par des panneaux solaires installés sur le toit et des pompes à chaleur. Filtrée en continu, elle possède toutes les qualités d'une eau minérale, est potable et n'irrite pas la peau... autant d'éléments qui correspondent à une approche environnementale indissociable de la charte Nemo. De l'espace bar profilé en demi-lune et du restaurant – ce dernier intègre les produits du commerce équitable –, de larges fenêtres permettent d'observer les exercices. De temps à autre, un masque vient se coller à la paroi, cherchant un visage connu dans la salle. « Sans doute un baptême », précise John. Et d'ajouter avec le sourire de l'inventeur heureux : « On vient de Belgique, de France et des Pays-Bas pour plonger à *Nemo 33*. »

On aime : l'écolage dans ce « Grand Bleu urbain », véritable sésame vers le monde du silence cher à Cousteau.

[*] Febras : la Fédération belge de recherche et d'activités sous-marines. Elle se divise en deux ailes linguistiques, la Lifras (Wallonie - www.lifras.be) et Nelos (Flandres - www.nelos.be).

[**] Padi : Professional Association of Diving Instructors, organisation internationale de formation à la plongée sous-marine en cycle court (www.padi.com).

Bio Corner

Place Saint-Job, 12
1180 Bruxelles
Tél. 02 372 39 78
Fax 02 372 39 81
biocorner@skynet.be
Ouvert du lundi au samedi
de 8h30 à 19h30, le dimanche
de 8h30 à 14h, fermé le mardi.

Signalée par une vache grandeur nature, il serait difficile de rater l'unique enseigne bio de la place Saint-Job. Philippe Duplat est installé ici depuis sept ans. « Je consomme bio par goût et dans le souci de respecter les générations futures. Le choix n'étant cependant pas large et les adresses trop souvent connotées *sectes* à mon goût, j'ai eu l'idée de créer autre chose. Pour ce faire, je me suis inspiré de surfaces telles que *All Food*, découvertes aux États-Unis ». Après une brève association avec *Delhaize*, *Bio Square* se change en *Bio Corner* et devient totalement autonome. « Alimentation sèche, charcuterie, boucherie, poisson, boulangerie, laitages, fruits, légumes, produits de nettoyage, maquillage, nourriture pour animaux, boissons, jus... tous les produits vendus sont certifiés bio. » Fidèle à son engagement, *Bio Corner* privilégie le transport par bateau et train, moins polluant que l'avion et suit les saisons dans ses ventes de fruits et légumes. « Le marché bio se développant de plus en plus, je suis attentif aux nouveautés. Dans la mesure du possible, je favorise les produits labellisés commerce équitable. S'ils sont belges, c'est encore mieux ! » Si la surface est petite, elle regorge de produits de façon à satisfaire une clientèle avertie, qu'elle soit de proximité ou d'ailleurs. Pain, fruits et légumes sont délivrés en arrivage quotidien. En été, le magasin se met à l'heure du jardinage et vend du terreau, des semences, des engrais et des désherbants, naturels ou thermiques. **On aime : l'engagement du propriétaire et l'association entre alimentation bio et commerce équitable.**

Mmmmh!

je cuisine, tu cuisines, il cuis
FRAGILE
MADE IN KOREA
JUSTCOOKING

Chaussée de Charleroi, 92
(14 et 20 pour les ateliers)
1060 Bruxelles
Tél. 02 534 23 40
www.mmmmh.be
Magasin ouvert le dimanche
de 10 à 19h, du lundi au samedi
de 10 à 23h.

Un espace de loisir culinaire, c'est ainsi que se définit *Mmmmh!*. Ouvert fin 2003, l'endroit a vite pris un bel essor. On se bouscule aux cours de cuisine et d'œnologie organisés à « un jet de siphon » de la place Stéphanie. Large éventail de possibilités, compétence des chefs enseignants et surtout ambiance conviviale sont les ingrédients du succès de *Mmmmh!*. Depuis juin 2007, l'enseigne s'est étoffée d'un élégant magasin de 500 m^2. Produits, ustensiles, électro design, livres de cuisine, une mine pour les gastronomes qui y dénichent aussi bien des épices introuvables que le matériel nécessaire à la cuisine moléculaire. C'est aussi une excellente adresse pour les cadeaux, gourmands ou non : reste à se décider entre un pot de confiture chic ou un couteau à sushis. Judicieuse initiative, la présence permanente dans le magasin d'un chef qui répond à toutes les questions. Des ateliers culinaires sont aussi organisés le dimanche, mais il faut s'être préalablement inscrit (consultez le site internet). Chez *Mmmmh!*, pas de sessions qui s'étendent sur plusieurs semaines ou mois, les cours sont à la carte : vous choisissez ceux que vous préférez, à l'heure qui vous convient. La liste est longue, elle touche à beaucoup de domaines : cuisines italienne, méditerranéenne, asiatique, indienne, du terroir (de Belgique ou de France), *fusion food*, d'avant-garde... et même un cours de *speed cooking*. Le midi en semaine, on découvre, prépare et déguste une recette en une heure chrono. Sans oublier les cours d'œnologie. **On aime : dans la boutique, les produits sont classés par type de cuisine.**

VERRINES
LAROUSSE
gusto

Vous
avez tout
voici le reste

Brussels Formula One Indoor Karting

Petite rue du Cerf, 45
1070 Bruxelles
Tél. 02 332 37 37
info@brusselsformula1.be
Ouvert le dimanche de 12 à 20h,
lundi et mardi de 15 à 23h,
du mercredi au samedi de 12 à 23h.

Situé dans un ancien complexe industriel à deux tours de roues du ring (sortie 17), le *Brussels Formula One* ravira les amateurs de karting aguerris et les débutants téméraires. La piste, longue de 450 m et très étroite, est effectivement hypertechnique. Les habitués la définissent même comme le « Monaco des circuits de kart ». C'est dire si elle peut vous procurer des sensations exceptionnelles. Montés sur des châssis BIZ, propulsés par des moteurs Honda de 200cc développant 6,5 chevaux, les seize karts disponibles sont parfaitement entretenus et préparés. Passez une salopette, coiffez votre casque et lancez-vous. Le circuit, intérieur, enchaîne les virages serrés et offre une belle ligne droite de 80 m. Il fait l'objet d'un contrôle télévisé permanent: le cas échéant les conducteurs dangereux verront leur kart bridé à distance. Ici on ne plaisante pas avec la sécurité. Les tarifs pratiqués sont dans la moyenne: 15 € les 15 minutes, 28 € la demi-heure (plus 5 € de droit d'inscription unique). En semaine et le soir, l'endroit est régulièrement loué par des entreprises pour une activité de « team-building » ou par des bandes d'amis qui fêtent un enterrement de vie de garçon. **On aime : le style loft du bâtiment.**

Prix: 7,00 €

Une manière simple et très agréable de découvrir les institutions et les musts culturels de la capitale de l'Union européenne au travers de 7 parcours et de 7 plans illustrés à suivre selon les envies et les rythmes de chacun !

Disponible en FR, NL, EN, DE, IT, ES, PL

TIB – Tourisme Information Bruxelles
Hôtel de Ville | Grand-Place | 1000 Bruxelles
www.brusselsinternational.be